일상의

재발견

내가 좋아하는 나로 사는

*

144인의 일상력

CONCEPTZINE

일상의

재발견

《컨셉진》 인터뷰이 144인이 말하는

*

일상을 아름답게 만드는 노하우

CONCEPTZINE

EDITOR'S LETTER

월간 라이프스타일 매거진 《컨셉진》은 2012년 창간 이래로 지금까지, 일상을 아름답게 하는 법에 대해 연구해 왔습니다. 하루하루 반복되는, 늘 똑같아 보이는 지루한 일상이지만, 그럼에도 조금 더 재밌게, 조금 더 잘 살 수 있을 거란 기대가 있었거든요. 13년 동안 《컨셉진》을 발행해 오며 매달 다양한 주제로 자기만의 가치관에 따라 삶을 살아가는 분들을 만났고, 덕분에 평범한 일상도 조금 더 아름답게 만들 수 있다는 확신을 갖게 되었습니다. 이 확신에 확신을 더하고자, 그동안 《컨셉진》에 인터뷰이로 참여해 주셨던 분들께 다시 한번 물었습니다.

"당신의 일상을 조금 더 아름답게 만들기 위한 노하우가 있나요?"

저희의 질문에 회신해 주신 144인의 답변을 모아놓고 보니 신기하게도 그 내용이 비슷했습니다. '나만의 루틴을 갖는 것', '아름다운 것을 곁에 두는 것', '사랑하는 사람과의 시간을 소중히 여기는 것', '조금 다른 시선으로 내 삶을 바라보는 것', '하루하루를 정성 들여 사는 것'…. 어찌 보면 별것 아닌 사소한 행동들이 이들의 일상을 조금 더 아름답게 해주고 있었습니다. 저는 저마다의 언어로 작성된 144인의 노하우를 읽으며 하나의 공통점을 발견했습니다.

'내가 좋아하는 나로 살고 있구나!'

자려고 누웠을 때 오늘 하루가 만족스러워 기분 좋게 잠이 드는 날도, 아쉬움이 남아 뒤척이다 잠이 드는 날도 있을 거예요. 만족스러웠던 하루를 돌아보면 그날은 유독 내가 좋아하는 나의 모습으로, 나답게 하루를 보낸 날이었을 거고요. 결국, 일상이 아름답다는 건 내가 좋아하는 내 모습으로 사는 것이 아닐까 생각합니다.

내가 좋아하는 나로 사는 144인이 전한 일상력을 통해 평범했던 일상을 조금 더 아름답게 사는 법을 발견하고, 나는 과연 어떤 모습으로 살아가고 있는지 돌아보는 시간이 되길 바랍니다.

당신은 '내가 좋아하는 나'로 살고 있나요?

편집장 김경희

차 례

내가 좋아하는 나로 사는 144인이

《컨셉진》에 소개되었던 코너를 설명합니다.

셀럽	동시대를 살아가는 셀럽의 평범한 삶 이야기. 유명인도 우리와 비슷한 생각과 고민을 갖고 살아가는 사람임을 전하고자 했던 코너.
프렌토	FRIENTO. FRIEND와 MENTO를 합친 코너명으로, 한 분야의 전문가가 멘토가 되어 전하는 이야기를 내 주변 친구의 이야기처럼 들을 수 있도록 눈높이를 낮춰 소통한 코너.
3인 3색	나만의 색으로 살아가는 3인 혹은 세 팀의 이야기.《컨셉진》이 전하고자 하는 메시지를 해당 주제와 관련된 전문가의 목소리로 들어보는 코너.
투 라이프	TO LIFE. '삶에게' 혹은 '두 개의 삶'이라는 중의적인 의미의 코너명으로, '3인 3색'을 개편하여 인터뷰이를 두 팀으로 조정한 코너.
탐나는 취향, 탐나는 일상, 탐나는 집, 탐나는 삶	탐나는 취향을 갖거나, 탐나는 일상을 살거나, 탐나는 집에서 살아가는 이들의 삶에 대한 이야기를 서면 인터뷰로 진행하여 소개한 코너.
나다운 집	나답게 집을 가꾸고 사는 사람들의 이야기. 탐나는 것을 동경하기보다 나다운 것을 찾자는 의미로, '탐나는' 시리즈를 개편하여 확장한 코너.
브랜드	《컨셉진》 매호 주제와 관련된 비즈니스를 하는 브랜드의 이야기. 약 40페이지에 걸쳐 대표의 인터뷰와 브랜드 상품 소개, 소비자 후기 등을 밀도 있게 담아낸 코너.
피플	《컨셉진》 매호 주제를 이미 자신의 삶에 적용하여 살고 있는 인물의 이야기를 서면 인터뷰로 진행하여 소개한 코너.
인사이드	《컨셉진》 매호 주제와 별개로 에디터가 독자에게 들려주고 싶은 이야기 소재를 선정하여 진행한 코너.

인생을 찬란하게 만드는

가족과의 시간

딸과 웃으며 하는 펜싱 놀이, 아내와 맛있는 것을 먹으며 나누는 대화, 온 가족이 함께 나서는 여행같이 사소한 순간들이 내 일상과 음악을 더욱 아름답고 깊이 있게 만든다. 한때 가장으로서의 책임이 영감을 짓누른다고 생각한 적도 있었다. 하지만 가장 보통의 사랑이 일상의 온도를 바꾸고, 결국 가장 아름다운 음악을 만든다는 것을 이제는 안다. 평범하게 흘러가는 가족과의 시간 속에서 삶의 생기를 느끼고, 더욱 사랑하며 살 수 있도록 노력하는 것이 인생을 찬란하게 만든다는 것을. 가족과 함께 만들어 가는 하루하루의 소리가 나에겐 음악이 된다.

피아니스트이자 교수, 세 딸의 아빠, 윤한

*

모두에게 아름다운 일상

떠올리기

누구에게 아름다운 일상인가를 생각해 보는 것. 나 자신만이 아닌 세상 모두에게 아름다운 일상이 무엇인지 떠올려 보는 것. 완벽하지는 않더라도 비거니즘을 실천해 보는 것. 동물 실험을 하지 않는 제품을 고르고, 육류 소비를 줄이고, 과시적인 반려동물 문화를 멀리하고, 필요 없는 소비를 자제하는 것. 아름다운 일상이란 내가 원하는 것을 가질 때 타인이나 다른 생명이 고통받거나 희생되지 않아야 의미 있다고 믿는 것.

포토그래퍼, 지구와 동물을 이야기하는
《오보이 매거진》 발행인 겸 편집장, 김현성

*

계절의 질감을 간직한

제철 채소 먹기

디자이너로 산다는 것은 지금, 여기, 현재를 인식하며 살아가는 삶이다. 오늘날 내가 속한 사회는 어떻게 구성되어 있는지, 많은 사람이 향유하는 시각 문화는 어떤 특성을 가지는지, 그리고 그 흐름 속에서 디자이너는 어떤 선택을 해야 하는지. 하루하루와 일상은 그렇게 지금과 현재가 켜켜이 쌓여 만들어진다. 때로는 숨 막히는 일상의 압박에서 벗어나기 위해, 오늘의 질감을 가장 잘 간직하고 있는 제철 채소를 먹는다. 한겨울 추위를 견뎌낸 섬초의 달달함과 봄동의 작고 둥근 잎이 전하는 아삭함, 쌉싸름하지만 달큼한 냉이의 잎과 뿌리를 씹어 목구멍으로 넘길 때, 비로소 봄이 찾아왔음을 실감한다. 달래, 냉이, 봄동, 두릅, 돌나물, 취나물, 참나물, 섬초, 무, 배추 등 계절의 향과 맛을 고스란히 간직한 제철 채소를 먹을 때, 일상은 무겁거나 긴박한 찰나의 순간이 아닌, 평온하고 느리게 흘러가는 안온한 순간이 된다.

디자인 스튜디오 〈일상의실천〉 운영, 권준호

*

매일 아침

고양이를 빗겨주는 10분

내게 '아름다운 일상'이란 무엇일까? 잠시 고민해 본다. 특별한 일 때문에 아름다운 날이 있을 테고, 변함없이 평범해서 아름답다고 느낀 날도 있다. 나는 안다. 그 평범하고도 아름다운 일상을 위해 수년째 반복하지만 의심할 여지없이 기분 좋은 일은 매일 아침 고양이를 빗겨주는 10분이라는 걸. 아침에 일어나 물 양치와 세수를 하고, 찻물을 올린 뒤 고양이 빗을 든다. 조금이라도 지체되면 고양이가 화를 내기 때문에 민첩하게 움직여야 한다. "머리 빗을까?" 하고 빗을 보여주면 고양이는 "냐-" 대답하며 종종 뛰어와 스크래처에 푸짐한 엉덩이를 펼쳐 보인다. 10분, 어떤 날은 15분가량 털을 빗기며 간밤에 꾼 꿈에 대해, 오늘 있을 일에 관해 이야기하기도 한다. 고양이는 얼굴을 문대며 드릉드릉 빗질을 즐기고, 나 또한 그 몸짓과 소리에 아침을, 일상을, 매일을 아름답게 연다.

향과 차를 만드는 브랜드 〈베러댄알콜〉 대표, 이원희

*

나를 사랑하는

작은 습관

아름다움은 나를 돌보는 시간에서 시작된다. 분주한 아침이 지나고 잠시 거울 앞에서 나를 들여다본다. 차분히 크림을 바르고, 내가 좋아하는 향을 입는다. 나를 나로서 돌보는, 온전히 집중하는 이 시간이 하루를 단단하게 만들어 준다. 아름다움은 완벽함이 아니라, 스스로를 돌보는 작은 순간에서 자란다. 오늘도 충분히 애썼다고, 지금 이 모습 그대로도 아름답다고 마음속에 조용히 새긴다. 일과 육아 사이, 쉼 없이 흘러가는 시간 속에서도 커피 한 잔의 여유와 창밖을 보며 숨 고르는 작은 여백의 순간을 남겨둔다. 바쁜 일과 중에도 나 자신을 잃지 않기 위해, 스스로에게 다정해지는 연습을 하는 것이다. 일상을 아름답게 만드는 건 특별한 일이 아니다. 매일 나를 위해 한 걸음 더 다가가는 것, 나를 사랑하는 작은 습관을 쌓아가는 것. 그때, 진짜 아름다움이 시작된다.

*

프리미엄 홈 코스메틱 브랜드 〈빼슈메종〉 대표, 박로지

작은 불편함을

끼워 넣는 노력

요즘은 노력해서 일상에 작은 불편함을 끼워 넣는다. 바쁜 업무 중에 잠시 시간 내어 핑크빛 노을 보기, 대체할 수 있는 소비는 포기하기, 완벽한 계획 없이 여행 떠나기, 핸드폰 대신 필름 카메라로 사진 찍기, 익숙한 공간 대신 낯선 공간 찾아가기 등 절대로 하고 싶지 않다고 생각했던 일에 도전한다. 이런 '불편함'도 행복이 될 수 있다고 생각하기에.

귀여운 것을 좋아하는 콘텐츠 마케터, 김아라야

*

좋은 소리가 주는

또 다른 감흥

하루의 시작에 잠시 소리에 집중해 본다. 조금 더 나은 소리, 좋은 소리를 찾는다. 고음질로 듣는 음원은 단순히 음향적 차이를 넘어 뇌의 인지 기능, 집중력, 감정 조절, 스트레스 완화에 긍정적 영향을 준다. 오래된 값싼 스피커나 제품에 포함된 이어폰이 아닌 더 나은 소리를 재생해 줄 기기를 찾아야 하는 이유다. 좋은 음식을 위해 더 신선한 제철 재료를 구하는 노력과 같은 이치이리라. 고음질 스트리밍 서비스를 이용하는 것도 하나의 방법이다. 굳이 큰 비용을 들이지 않아도 작은 변화를 통해 좋은 소리를 구할 수 있다. 이제 좋아하는 음원이나 스타일의 음악 목록을 준비하자. 더 나은 소리가 주는 또 다른 감흥을 통해 일상의 아름다움에 오감이 열리는 경험을 하게 될지 모른다. 지금, 프란츠 리스트의 'Liebestraum(사랑의 꿈), S.541, No.3'을 재생시켜 본다.

*

前 매거진 《B》 편집장, 現 브랜드콘텐츠컴퍼니 〈에이치엠엠비〉 대표, 최태혁

정성이 깃든 기물과

함께하기

매 순간을 소중히 여기는 마음으로 하루를 살아간다. 일상의 의미 있는 시간에 정성이 깃든 기물과 함께하고, 그 행위를 사진으로 찍어 기록하고 저장한다. 어제보다 오늘, 내일 더 깊어지는 나를 인식하는 재미. 이렇게 같은 듯 조금씩 다른 아름다운 날을 만들어 간다.

라이프스타일 브랜드 〈폴앤리나맨션〉 대표, 김민희

*

짙은 취향의 장치

심어놓기

신사업을 세팅하는 동시에 유튜브 채널도 유지해야 하는, 이제 막 초등학교에 입학한 아이를 키우는 슈퍼 워킹맘에게 일상이란 그야말로 전쟁터를 방불케 한다. 하지만 그래서 더욱 선명하고 아름답기도 하다. 출근 준비를 하는 동안 스스로 등교 준비를 할 수 있게 된 아이의 성장을 목격한다. 함께 손잡고 등하교하는 10여 분의 시간을 매일 가슴에 새긴다. 퇴근 후 가족과 재회하는 순간의 기쁨을 만끽한다. 새벽에 배송되는 도톰한 식빵, 출근길에 트는 그날의 음악, 저녁 식사 테이블 위에 놓인 와인 한 잔, 자기 전 독서 한 시간까지. 빠르게 스쳐 가는 시간과 해야 할 수많은 일들 사이에 나와 우리를 위한 가장 소소하고 짙은 취향의 장치를 심어놓는다. 거대하게 느껴지는 문제도 결국은 가장 작은 순간들 앞에서 무력해지더라.

*

브랜드텔러, 《마요네즈 매거진》 운영자,
〈넥스트 디자인 스쿨〉의 크리에이티브 책임자, 룬아

자연 속으로

뛰어들기

'일상을 조금 더 아름답게 만들기 위한 노하우'라는 질문이 너무도 반가웠다. 지난 1년을 돌아보면 그 답을 찾기 위해 부단히도 몸부림치고 고민했으니 말이다. 오랫동안 일상을 조금 더 아름답게 만들기 위해 얼마나 많은 시간을 헤매왔던가. '일상'과 '아름다움' 두 단어가 나에게 어떤 의미인지 먼저 생각해 본다. 일상이란 바로 지금, 현재를 자각하는 것을 의미한다. 아름다움은 무언가를 온전히 마음으로 느끼는 것이다. 사실 일상을 조금 더 아름답게 만들기 위한 노하우는 없다. 그냥 지금 당장 이 자리에서 일상을 아름답게 느끼면 그만이니까. 그럼에도 현실적인 답을 하나 생각해 본다. 최근 나는 자연 속으로 뛰어들어 간다. 자연은 현재를 감각하고 받아들이게 하는 가장 자연스럽고 좋은 방법이다. 그때 찍은 사진을 다시 보면, 일상이 아름답다고 느꼈던 그 순간이 오감으로 기억난다.

*

출판사 〈1984〉 대표, 전용훈

마음속 깊이 머무는

반가운 인사

집을 나설 때면 아들은 늘 나에게 뽀뽀해 준다. 워낙 어릴 때부터 해온 습관이라 지금은 좀 멋쩍은 감이 없지 않아 있지만, 초등학교 5학년이 된 아들을 안아보는 것이 보통 쉬운 일은 아니다. 게다가 5% 이상 기분도 업된달까? 매번 아들의 거리낌 없는 뽀뽀에 그저 고마울 따름이다. LA에서 근무할 때의 일이다. 직원들이 출근하면 낯선 내게도 늘 반갑게 "굿모닝!" 하고 인사해 줬다. "Hi there!" 하며 내 자리까지 찾아오기도 했다. '그래~ 좋은 아침!' 소소한 교감이지만 돌이켜 보면 그 인사가 낯선 곳에서 조금은 마음을 편히 먹고 일할 수 있었던 시작점이었다. 인사는 비단 사람과 사람 사이의 관계에서만 일어나지 않는다. 낯선 풍경, 낯선 동물 혹은 사물까지도 눈을 마주치는 순간 걷는 속도가 달라지게 만드는 즐거움. 그래서 우리는 여행을 멈출 수 없는 거겠지…. 오늘도 반갑게 인사를 한다. 그 반가움이 누군가에겐 마음속 깊이 머물 테니까.

*

육아 에세이스트, 〈그림에다 스튜디오〉 대표, 심재원

나를 긍정하는

칭찬 일기

올해로 3년째 '칭찬 일기'를 쓰고 있다. 나는 어떤 일이 생기면 늘 자책부터 해왔다. 인간관계부터 업무까지 모든 일에 문제가 생기면 일단 내 탓으로 돌리곤 했다. 몇 년 전 상담 선생님과 이야기를 나누면서 스스로에게 칭찬해 준 적이 없다는 것을 깨닫고, 칭찬 일기를 쓰기 시작했다. 침대 머리맡에 일기장을 두고 자기 전, 오늘 칭찬할 일이 뭐가 있었나 생각하며 몇 줄 적는 습관이다. 3년 차가 되니 눈에 띄게 스스로를 긍정하게 됐다. 요즘은 힘이 들어 아무것도 하지 못한 날에도, 푹 쉬길 잘했다고 칭찬한다. 나에게 혼날 일이 없으니 일상이 더 이상 무섭지 않게 됐다. 작은 일부터 살펴보면 일상은 칭찬받을 일이 수두룩하다.

일러스트레이터, 에세이 작가, 홍화정

*

여행자의 기분으로

주변 탐색하기

여행을 좋아하지 않는 사람이 있을까? 많은 사람이 여행을 좋아하는 이유는 일상적이지 않은 특별함이 있기 때문이라고 생각한다. 요즘엔 아침 일찍 조금 부지런을 떨어 집 근처 카페에 간다. 짧게는 30분, 길게는 1시간 정도 여행자의 기분으로 모닝커피를 한 잔씩 마시며 책을 읽거나 핸드폰 사진첩을 정리한다. 평일 대부분의 시간을 보내는 일터 근처 카페에 갈 때도 있다. 그럴 땐 마치 내가 낯선 여행자가 된 것 같다. 주변 사람들을 둘러보거나 또 다른 근처 카페와 맛집, 갤러리를 찾고 둘러보며 여행 기분을 즐긴다. 오늘 내가 이곳에 온 여행자라고 상상하면, 그 순간을 좀 더 즐기며 설레는 마음으로 주변을 탐색하게 되지 않을까? 그럴 때 우리의 일상이 조금 더 특별해지고, 아름다워진다고 믿는다.

*

리빙 소품 브랜드 〈모노플레이스 리빙〉 대표, 오민수

스스로

명품 되기

클라이언트의 일상과 공간을 풍요롭고 아름답게 만드는 일에 전념하고 있다. 하지만 정작 나의 일상은 그렇지 못했다. 나에게도 19,900원짜리 유니클로 흰 티셔츠 한 장만 걸쳐도 빛나는 순간이 있었는데…. 얼마 전, 크게 아프고 나서야 비로소 내 몸이 온전치 못하면 행복조차 느낄 수 없다는 것을 깨달았다. 그래서 스스로가 명품이 되기로 결심했다. 아침에 일어나면 미지근한 물 200ml를 한 컵 마시고, 스트레칭을 시작한다. 사과, 견과류 그리고 마트에서 산 낫또를 챙긴다. 운전하면서 〈하와이 대저택〉 유튜브를 틀어놓고, 저녁엔 20분이라도 짬을 내서 러닝을 한다. 중간 목표도 설정했다. 45세에 바디 프로필을 찍는 것. 이걸로 '인스타 떡상을 하겠다'는 계획을 아내에게 말했더니 웃는다. 이런 게 바로 소소한 행복 아닐까.

*

디자인 스튜디오 〈카멜스페이스 디자인 스튜디오〉 대표, 김성진

모닝 루틴의

뭉근한 꾸준함

새벽 3시쯤 알람 없이 눈을 뜬다. 곧장 이불을 개고 세수와 양치를 한다. 온수를 한 잔 마시고 명상과 스트레칭 후 몸과 마음이 깨어나면 책상에 앉아 책을 읽는다. 때가 되면 정해진 순서로 운동을 시작한다. 복근 운동, 팔 굽혀 펴기, 스쿼트, 덤벨 그리고 찬물로 샤워(풍덩!). 말끔한 옷으로 갈아입고 나와 버터와 코코넛오일을 넣은 커피를 마신다. 간밤의 어둠이 물러나기 시작한다. 매일 어김없이 똑같은 나의 루틴이다. 나에게 좋은 일상은 섬광처럼 번쩍 나타났다 사라지는 자극이 아니라 뭉근한 꾸준함 속에 있다. "사랑이란 게 처음부터 풍덩 빠지는 건 줄 알았지. 이렇게 서서히 물들어 버릴 수 있는 것인 줄 몰랐어"라던, 어느 오래된 영화 속 대사처럼. 일상도 사랑도 서서히 꾸준하게.

*

前 독립 책방 〈퇴근길 책한잔〉 대표, 現 사업가 겸 자유 투자가, 김종현

러닝화 끈을

조여 신고

오늘 하루가 기대에 미치지 못했다고 느낄 때, 책상 앞에서 털고 일어나 바람막이 재킷을 입고 러닝화 끈을 조여 신는다. 포인트는 차를 타고 달리기 좋은 코스로 이동하지 않고, 대문을 나서자마자 바로 달리는 것이다. 언덕길이 나오면 천천히 달리고 내리막길을 만나면 신나게 내디뎌 본다. 늘 달리는 코스도 좋지만, 가끔은 한 번도 가보지 않은 골목으로 꺾어보기도 한다. 언제든 일어나 달릴 수 있다는 감각은, 죽을 쑨 게 틀림없는 오늘로부터 잠시 나를 구원해 준다. 그러다 보니 너무 많이, 자주 달리게 된다는 게 문제긴 하지만….

개 뒤집기와 화초 죽이기에 능한 만화가, 정우열

*

계절을 누리는

제철 산책

제철 산책을 좋아한다. 봄에는 봄, 여름에는 여름, 가을에는 가을, 겨울에는 겨울. 그 계절에만 누릴 수 있는 풍경 속을 걸으며 행복을 수집하는 일이 나의 일상을 조금 더 아름답게 만든다. 특히 물결 위에 햇빛이 비쳐 반짝거리는 윤슬을 좋아하는데, 볕 좋은 날 숲길을 걷다 보면 윤슬이 호수나 바다에만 있는 것이 아니라 숲에도 있다는 걸 알게 된다. 눈길 닿는 곳마다 반짝이는 풍경을 보고 있으면 이보다 더 호사스러운 행복이 있을까 싶다. 그저 가까운 자연을 찾아 걷기만 해도 행복해진다니, 이토록 쉬운 행복이 또 있을까.

한 사람을 위한 책을 처방하는 〈사적인서점〉 운영자, 정지혜

*

기분 좋아지는 것

생활 반경에 두기

보고 있으면 기분 좋아지는 것들을 집이나 일터에 둔다. 꽃을 좋아하는 나는 집과 일하는 공간에 꽃을 놓아두고, 매일 자연스레 그 곁을 지나며, 고개 돌릴 때마다 찰나의 순간에 꽃을 바라본다. 꽃을 볼 때마다 행복과 기쁨, 아름다움을 느끼고, 때로는 잠시나마 걱정을 잊거나 위로받기도 한다. 꼭 크고 화려한 물건이 아니라도 좋다. 볼 때마다 기분 좋아지는 것을 내 생활 반경에 놓아두면, 일상이 생각보다 훨씬 아름다워질 수 있다.

케이크숍 〈모드에〉 운영자, 유재영

즐거운

식집사 생활

처음에는 집 안 풍경을 아름답게 꾸미기 위해 예쁜 화초를 키우기 시작했다. 그렇게 시작한 식집사 생활은 꽤나 오래되었고 화초를 키우는 일에 대한 생각도 달라졌다. 화초의 성장과 번식을 보는 일이 집을 예쁘게 꾸미는 것보다 즐거웠다. 집보다 마음이 좀 더 아름다워졌달까. 요즘 우리 집에는 잘 자란 가지를 잘라 다시 뿌리내리기 위한 '물꽂이'들이 늘어나고 있다. 이렇게 번식한 화초들은 대부분 지인에게 나눠준다. 이 또한 즐거운 일이다.

일러스트레이터, 이혜실

*

하루의 시작과 끝에

나를 위한 시간 마련하기

성실히, 감사히 살기. 대단한 노하우는 없다. 하루의 시작과 끝에 나를 위한 시간을 마련해 둔다. 늘 같은 시간에 일어나 조용히 몰입하는 시간을 갖고, 저녁에는 요가로 하루를 마무리한다. 반복적인 움직임으로 일상에 리듬이 생기면, 그 사이사이에 여유로운 마음이 피어나곤 한다. 시간에 끌려가거나 내 삶이 쓸려가지 않는 단단한 힘 같은. 일상이 아름답기 위해선, 일상을 아름답게 바라보는 시선이 필요한데 그 시선은 자발적인 성실함에서 출발한다고 믿는다.

아침을 사랑하며, 조용한 아침에 매거진 《Achim》을 만드는
〈Achim〉 대표, 윤진

*

자기다움으로 가득한

브랜드적인 삶

일상은 반복된다. 어제와 크게 다르지 않고 내일이라고 그다지 특별하지도 않다. 그러니 일상이라고 부르는 것이겠지. 그래서 '의미'가 중요하다. 내가 하는 일에 의미를 부여하고, 남들이 하는 일의 의미를 찾아보는 것. 그러다 보면 다름과 차이가 보이고, 재미와 호기심이 생긴다. 그것을 '브랜드적인 삶'이라고 부르곤 한다. 각자의 자기다움으로 가득한 일상은 꽤나 괜찮지 않을까.

브랜드 컨설팅 & 경험 그룹 〈더워터멜론〉,
국내 최대 브랜드 커뮤니티 〈Be my B〉 공동대표, 우승우

*

아름답지 않은 날

매만지기

시선과 공기가 닿는 프레임 그 자체를 아름답게 보는 것, 그렇지 못할 땐 매만져 주는 것, 이 두 가지가 노하우라면 노하우일 수 있겠다. 어떤 날은 아침에 일어나 환기하는 것만으로도 일상이 아름답다. 햇빛이 드리운 침대가 유난히 포근하고, 훅 들어오는 차가운 공기가 머리를 상쾌하게 해준다. 잠들기 전까지 모든 찰나가 아름답다. 이런 날엔 '좋다', '예쁘다'라고 말하며 지금을 만끽한다. 특별한 노력 없이 그저 아름답게 바라봐 주기만 하면 되는 날이다. 반면, 그렇지 못한 날도 있다. 그럴 땐 일상을 매만져 준다. 출근 후 책상 가까이에 캔들을 켜고, 퇴근길에는 한 정거장 먼저 내려 꽃 한 다발을 산다. 침실에 향기로운 룸 스프레이를 뿌리고, 샤워할 때는 좋아하는 스크럽을 꺼내 쓴다. 그리고 잠들기 전, 사랑하는 이에게 '사랑한다'고 한 번 더 이야기한다. 그렇게 가까운 곳부터 의미를 만들고 일상을 매만진다.

*

브랜드의 이미지에 맞는 사진을 기획, 연출, 촬영하는
〈비트윈아지트〉 대표이자 디렉터, 권연미

몸을 조금 더 단단하게 만들기

해를 거듭할수록 하고 싶은 일보다 해야 하는 일이 더 많아졌음을 체감한다. 좋은 컨디션으로 하루를 시작하고 일상의 에너지를 주고받는, 그런 날들이 모여 행복한 일상이 되는 것 같다. 요즘의 나에게 운동이란, 뚜렷한 목표를 위한 게 아니라 먹고 자는 일처럼 일상의 자연스러운 한 부분이 될 수 있도록 노력하는 일이다. 몸을 조금 더 단단하게 만듦으로써 힘든 일이 생겨도 얼굴 찡그리지 않고, 해야 할 일만 하다가 지치지 않도록. 오늘의 움직임이 조금 더 단단한 내일의 나를 만든다고 믿는다.

브랜드의 이미지에 맞는 사진을 기획, 연출, 촬영하는
〈비트윈아지트〉 대표이자 포토그래퍼, 임수영

*

서로를 위한

크고 작은 배려

생각을 정리할 때면 주로 걷는다. 걷다 보면 사람들을 만나고 공간을 마주한다. 직업 때문인지 만나고 마주치는 대상에 담긴 태도와 디자인에 대해 습관적으로 관찰하게 된다. 그 과정에서 배우기도 하고, 의도적인 배려에 감사하기도 한다. 보도블록의 배열에도, 유머러스한 작은 사이니지에도 하루를 즐겁게 해주는 다른 이를 위한 마음이 있다. 도시는 구성원들의 서로를 위한 크고 작은 배려로 만들어진다. 그걸 알게 될 때마다 일상이 조금씩 즐거워진다. 사진은 세탁소 아저씨가 여름에 동네 사람들이 잠시 시원하면 좋겠다는 바람으로 복도에 내어둔 '선풍기'다. 의자와 환풍기를 케이블 타이로 묶어 선풍기를 만들 때의 그 마음을 상상하면 기분이 좋아진다. 우리의 도시와 일상은 이렇게 서로를 위하는 마음으로 이루어져 있다.

*

크리에이터를 위한 공간과 서비스를 기획하고 운영하는
브랜드 〈로컬스티치〉 파운더 & 대표, 김수민

출근 전 즐기는

아침의 느긋함

때론 귀찮을 때도 있지만 대부분의 날에 출근 전 일찍 일어나 아침의 느긋함을 즐긴다. 차를 마시기도 하고, 일기를 쓰기도 한다. 어떤 날은 아침 식사로 따뜻한 국물을, 어떤 날은 신선한 야채를 챙겨 먹는다. 세상 밖으로 나가기 전 나를 뜨끈하게 데워주고 상쾌한 촉감으로 보듬어 주는 것이다. 무척 짧은 시간이지만, 이 시간은 분명 내 삶을 단단하게 지켜주고 나의 일상을 포근한 시선으로 바라보게 한다.

패션 브랜드 〈아뜰리에 러브송〉 디렉터, 오송민

*

아주 잠깐

사소한 여유 갖기

바쁜 하루하루가 반복될수록 나만을 위한 아주 잠깐의 여유를 가져보려고 노력한다. 출근 전에 좋아하는 원두를 갈아 커피 한 잔 마시기, 뜨거운 물로 샤워할 때 좋아하는 바디 스크럽 사용하기, 집에서 배달 음식을 시켜 먹더라도 테이블 매트를 깔고 예쁜 그릇에 담아 플레이팅하기, 두부와 집 앞을 10분간 산책하기 등. 여유라고 부르기엔 사소하고 짧은 시간이지만, 이 작은 여유들이 모여 아름다운 하루가 완성된다고 믿는다.

푸드 & 라이프스타일링 스튜디오
〈차리다〉 대표이자 푸드스타일리스트, 김은아

*

가지런함 뒤

미감 한 스푼

되도록 단순하고 직관적인 '좋은 상태'를 추구하며 살아간다. 삶은 복잡하고 마음대로 되지 않기에 '내가 조절할 수 있는 것들을 관리하며 살아가다 보면 일상의 아름다움을 마주하는 순간이 조금 더 늘어나지 않을까?' 생각하기 때문이다. 우선 아침에 눈을 뜨면 눈에 보이는 것들을 가지런하게 만든다. 이불을 정리하고 설거짓거리가 있으면 얼른 처리한 다음, 그릇도 가지런히 둔다. 책상에 앉으면 사용할 것과 하지 않을 것을 빠르게 훑고 책상 위를 정리한다. 이 모든 행위가 습관이 되어 뇌를 거치지 않고도 손이 먼저 움직일 수 있도록 훈련한다. 주변이 너저분하면 머릿속에 이런 생각이 떠오른다. '지금부터 정리하고 마지막엔 미감 한 스푼을 얹는 거야.' 마지막 미감 단계에 과하게 시간을 쏟는 경향이 있지만, 그 고민의 시간은 언제나 '가지런히 하는 것' 뒤에 와야 한다. 사실 '미감 한 스푼' 같은 건 한 달에 한 번 정도 실행에 옮길까 말까 해도 상관없다. 아름다움은 '무언가를 깨끗하고 가지런하게 하는 것' 그 자체에도 충분히 존재하기 때문이다.

공간 디자인 스튜디오 〈탠 크리에이티브〉 운영자,
《좋아하는 곳에 살고 있나요?》의 작가, 최고요

*

내 몸이 싱그러워지는

식물과의 대화

일하다 보면 모니터 화면만 보기 바쁘다. 그 속에서 어느 순간 헤어 나오기 힘들 때도 있다. 그럴 때 나를 인간답게, 좀 더 나답게 하기 위해 잠시라도 식물을 멍하니 바라본다. 식물을 가꾸며 나와 대화하기도 하고, 식물에게 말을 걸기도 한다. 꼭 내 주변의 식물이 아니더라도 길가에 심어진 나무와 꽃을 바라보며 심호흡하기도 한다. 아무리 숨 가쁜 나날이 계속되더라도 자연을 보며 아름다움을 마음속에 채우는 것이다. 그러면 내 몸의 피가 다시 싱그러워지는 것 같다. 이렇게 나의 일상을 조금 더 아름답게 만들어 간다.

식물을 통해 느리고 침착한 라이프스타일을 제안하는 브랜드
〈슬로우파마씨〉 운영자, 이구름

*

모든 실패

응원하기

'실패도 자산이다! 자산을 쌓아보자!'라는 슬로건의 〈해피실패클럽〉은 실패를 기록하고 나누는 모임을 진행한다. 타인을 향한 응원은 자동 응답기처럼 잘 나오지만, 묘하게도 내 실패에는 자꾸만 엄격해진다. 그래서 이곳의 규칙은 '서로를 꼭 응원해 주는 것'이다. 다른 멤버에게 응원을 전하다 보면 나도 모르게 응원의 근력이 생겨서 오히려 내가 더 힘을 얻곤 한다. 오늘의 실패에는 따끔한 자책보다 따뜻한 위로가 더 필요할 테니 스스로를 응원해 본다. 모든 실패, 응원해!

실패를 주제로 이야기하는 브랜드
〈해피트럭〉 & 〈해피실패클럽〉 대표, 김보경

*

눈에 가득

하늘 담기

많은 사람이 그러하듯 나도 자연에서 마음의 안정을 얻는다. 도시에 살기에 바다나 숲 같은 광활한 자연을 자주 접할 수 없지만, 우리에겐 고개만 들어도 눈에 가득 들어오는 하늘이 있다. 하늘은 내가 가장 좋아하는 자연의 모습이다. 바쁜 일상을 보내며 무심코 그냥 지나칠 때도 있지만 잠깐의 산책을 통해, 그리고 실내라면 창문 너머로 하늘을 자주 보려고 노력한다. 매번 다른 모습의 하늘을 보며 영감을 얻고, 그 순간을 사진과 그림으로 담으며 일상의 아름다움을 간직한다.

세라믹 스튜디오 〈ONDO〉 아트디렉터, 일러스트레이터 NIA, 송지현

*

하루를 돌아보며

내일을 준비하는 청소

공방에서의 바쁜 일과를 마친 고요한 저녁, 청소할 때 나는 마음이 가장 편안하다. 책상과 바닥의 먼지를 닦는 반복 동작이 단순노동이라고 생각할 수도 있다. 하지만, 나에게 청소는 그날 이루어진 작업을 정리하고 내일을 준비하는 일이다. 하루를 잘 마쳤다는 안도와 함께 내일의 기대를 가지게 한다.

세라믹 스튜디오 〈ONDO〉 도예가, 양현석

*

특별한 순간을

완성하는 음악

평범하고 소소한 일상에 좋아하는 음악을 더하면 따뜻하고 잔잔한 행복이 스며든다. 장르는 상관없다. 그날그날 듣고 싶은 음악, 어울리는 음악이 다르기 때문이다. 따뜻한 햇살에 스치는 바람결에도 '좋다'라고 느끼지만, 거기에 음악까지 더해지면 특별한 순간이 완성되는 듯하다. 음악은 지난 추억을 떠오르게 하고, 새로운 추억을 만들어 주기도 한다. 때론 눈물 쏟게도, 때론 웃음을 주기도 하는 음악은 평범한 내 삶에 조미료를 한 스푼 더해주는 존재다.

제주 라이프스타일 편집숍 & 카페 〈푼티노스튜디오〉 대표, 황성경

매일, 매주

나를 돌아보는 시간

오전 좋은 카페가 많은 동네에 살고 있어 반려견 박시바와 함께 동네 한 바퀴를 돌다 카페에 들어가 커피를 마신다. 마음에 드는 원두를 발견하면 집에 사놓고 내려 마시기도 한다. 카페인 충전보다는 커피를 마시는 행위 자체에서 오는 여유로움이 좋다.

오후 단골 위스키 바를 간다. 술을 많이 마시지는 않지만, 나를 알고 반겨주는 이들이 있는 곳에서 일상을 나누고, 혼자만의 시간을 갖는 것도 좋은 취미다. 반려견과 동행할 수 있는 곳으로만 가게 되는데, 벌써 8년이나 사람 대하듯 교감하면서 키워서 그런지 박시바는 이제 스스로를 사람이라고 생각하는 것 같다.

매일 시력이 좋지만 안경을 착용한다. 안경을 고르고, 좋아하는 시계를 차고, 나의 아이덴티티를 드러내 주는 테일러드 재킷을 걸친다. 마지막으로 그날의 기분에 따라 향수로 마무리한다. 이 모든 루틴이 평범한 일상에 나를 나답게 갖춰준다.

매주 매주 일요일은 교회에 간다. 코로나19 때 온라인 예배를 하거나 사회적 거리 두기로 교회 가는 일을 건너뛰면서 휴일에 이것저것 할 수 있는 일이 많아져 좋다고 생각했는데, 최근에는 다시 교회에 가는 루틴을 지키고 있다. 그러고 보니 푹 쉬고 놀러 다닌다고 내가 채워지는 건 아니었다. 한 주의 나를 돌아보는 의식이 있다는 게 좋다. 마음이 채워지는 시간이다.

*

테일러숍 〈노커스〉 대표, 박지현

평범한 일상에

배경 음악 얹기

평범한 일상에 배경 음악이 얹히는 순간, 밋밋하던 분위기가 채워진다. 어떤 음악을 선택하냐에 따라 보잘것없는 집안일도 나를 위한 근사한 의식이 된다. 오래도록 좋아했던 음악일수록 일상을 아름답게 만드는 시간은 빨라진다. 전주부터 기분이 좋아지니까.

광고 기획자, 에디터, 김유빈

*

곁에 있는 존재에게

최선을 다하기

하루를 잘 보내는 비결이라 말하기엔 아직 부족한 점이 많지만, 나 또한 매일 고민하고 노력한다. 요즘 가장 절실히 깨달은 건, 주변에 있는 소중한 존재에게 진심을 다해야 한다는 것이다. 내게는 함께 지내는 아내와 고양이 세 마리가 우선이다. 더 넓게 보면 가족과 친구들 역시 그렇다. 곁에 있는 존재에게 최선을 다하면, 나도 충만한 하루를 보낼 수 있다고 느낀다.

콘텐츠 스튜디오 〈A.R.E〉 디렉터, 장용헌

*

굳이라는 생각이

드는 일

'굳이?'라는 생각이 드는 일을 굳이 해본다. 어느 날 해가 질 무렵 하늘이 분홍빛으로 물들기 시작했는데, 아름다운 노을을 보러 우리는 굳이 호수로 달려갔다. 봄에는 토스트 위에 굳이 수레국화 꽃잎을 올려 같이 먹기도 하고, 바닷가에 나가 굳이 조개껍질을 주워 오기도 한다. 올해는 새로운 악기를 배우고 싶어 굳이 굳이 시간을 쪼개 트럼펫 연습을 하고 있다. 굳이라는 생각이 드는 일은 대체로 일상에서 안 해도 그만인 것들이다. 하지만 이런 행동이 그날의 낭만이 되고 먼 훗날의 추억이 되기도 한다.

강원도 고성의 〈테일포터리〉 & 〈테일커피〉 대표, 곽용인

커피를 마시며

좋아하는 LP 듣기

좋아하는 커피숍에서 원두를 골고루 구매해 놓고, 아침에 일어나면 그날 먹고 싶은 원두를 갈아 커피를 내린다. 원두를 고르는 즐거움과 커피를 내리며 맡는 향으로 가득한 이 시간이 나에게는 하루를 시작하는 가장 중요한 순간이다. 자주 듣는 LP를 틀어놓고 남편과 커피를 마시며 시간을 보낼 때가 하루 중 제일 좋다. 내 취향대로 고른 원두로 마시는 커피는 세상에서 제일 맛있는 커피다.

내추럴 와인 보틀숍 〈웬디스보틀〉 운영자, 서진영

하루의 끝에

사랑하는 사람과 나누는 대화

하루의 끝에 사랑하는 사람과 나누는 대화는 하루를 정리하는 작은 의식 같다. 기쁜 순간을 떠올리면 행복이 배가되고 힘들었던 일을 나누면 마음이 가벼워진다. 매일 잠들기 전 '오늘 가장 좋았던 순간'이나 '내일 먹고 싶은 음식'을 서로에게 한 가지씩 이야기한다. 하루를 마무리하는 간단한 대화 습관이 내일의 일상을 더 행복하게 만든다.

집에선 '꿀유부', 밖에선 〈꿀건달〉 대표, 원강효

*

우리 가족의

추억이 담긴 흔적

우리 집에는 남편과 나, 그리고 세 마리의 강아지가 함께 산다. 부산스럽게 사는 편은 아니지만, 반려견이 있는 여느 집과 다름없이 집 안에는 늘 크고 작은 사건 사고가 일어난다. 이로 인해 사용하는 가구나 집기들이 파손될 때도 있다. 그중에는 비싼 값을 주고 구매한 것도 있고 인터넷으로 크게 의미를 두지 않고 산 제품도 있다. 뭐가 됐건 물건이 파손되면 마음은 좋지 않다. 하지만, 우리 가족의 흔적이라고 생각하며 사용하는 데 큰 불편함이 없으면, 버리지 않고 되도록 고쳐 쓰거나 그대로 사용한다. 물론, 손상되지 않은 상태의 깨끗한 물건을 좋아하지만, 얼기설기 어설프게 자체 수리한 물건이나 흠집이 난 가구를 보면 그 당시 상황이 생각나면서 매일 보는 똑같은 일상도 왠지 특별하게 느껴진다.

*

〈모모모 디자인〉 인테리어 실장, 백반집 〈아이노가든키친〉 디렉터, 마미지

과거의 나를 찾아가는

밴드 합주

어쩌다 보니 어른이 되었다. 스스로 열정적인 편이라고 긍정하며, 지난 일에는 연연하지 않고 미래의 목표만을 보며 달렸다. 분명 지쳤음에도 해소 방안을 구축할 여유는 없었다. 막연하게 오랜 친구와 다시 밴드를 시작했다. 과거의 나를 찾아가기 위해서다. 유년 시절의 분신과도 같은 베이스 기타를 꺼내 들었고 첫 합주 후 무수한 감정이 교차했다. 완벽히 잊고 지낸 어린 시절의 허상과도 같은 목표와 기억들이 생생하고 거대하게 밀려왔다. 오늘의 나는 역시나 스프레드시트나 프레젠테이션 프로그램과 씨름하는 샐러리맨이다. 그래도 잠시나마 모니터가 아닌 창밖을 바라볼 여유는 생겼다. 어제 녹음해 둔 음원들을 들으며 다짐한다. '세상에 나를 완전히 빼앗기진 말자'고.

前 그림책 서점 〈베로니카 이펙트〉 운영자, 크리에이터, 유승보

*

가까운 사람들과

일상 공유하기

가장 나다운 모습으로, 자연스럽게 대할 수 있는 가까운 사람들과 일상을 공유한다. 어른이 되고 나이를 먹을수록 친구들을 만나고, 깊은 관계를 맺는 게 어려운 일처럼 느껴진다. 그럼에도 나를 가장 나답게 만드는 건 내 주변 사람들이라고 생각한다. 나는 내성적인 사람이고, 사람을 잘 만나지 않는다고 생각했다. 그런데 막상 친한 이웃이 생기고 그들과 일상의 사소한 이야기를 주고받으며, 맛있는 음식을 나누고 보니, 혼자 있을 때보다 가까운 사람들과 함께하는 시간이 나를 더 고양시킨다는 걸 알았다. 때론 서로 오해하기도, 서운한 마음에 다투기도 하지만 그건 깊은 관계를 맺기 위해 당연히 겪는 일이라는 걸 우리 모두 알고 있다. 지나고 나면 웃을 수 있는 에피소드가 하나 늘어나는 것뿐이라는 사실도. 그러니 서로를 소중히 여기고, 진심으로 응원해 줄 수 있는 사람들과 깊은 관계를 맺기 위해 노력해 보길 바란다.

어쿠스틱 뮤지션 〈스탠딩 에그〉의 멤버로 작곡과 노래를 맡고 있는, 에그2호

취향으로 집안 채우기

'아름다움'과는 거리가 먼 사람이라 일상을 아름답게 만드는 노하우를 갖고 있을 리 없다. 하지만 '아름답게'를 '나쁘지 않게' 정도로 치환한다면 여럿 있을 수 있겠다. 그 여럿 중 교집합에 들어 있는 건 바로 '채움'이다. 나름의 취향으로 온 집 안을 채운다. 나만의 좁은 공간에는 온갖 LP와 각종 아트북, 그림들이 가득하다. 내 취향과 생각을 물성화하고 결국엔 시각화하는 건데, 이 물건들이 지금 당장은 무용할 수 있더라도 쳐다보는 것만으로 심리적인 포만감을 주거니와 언젠가는 실질적인 효용을 갖기도 한다. 아이디어란 갑자기 떠오르는 게 아니라, 여러 경험이 퇴적되다가 별안간 침식된 흔적 안에서 발견된다고 믿기 때문이다. 공백이 무색한 이 공간은 나의 또 다른 우주이자 이를 여행하는 것만으로도 새로운 창작의 원천이 된다.

*

웹 예능 〈최자로드〉, 〈낮술의 기하학〉 콘텐츠 프로듀서, 한창헌

새로운 환경에

나를 던지기

익숙한 삶에 안주하기보다 새로운 환경에 나를 던지고, 부족한 부분을 배우며 채워가는 과정이 중요하다고 생각한다. 반복되는 일상에서 익숙함은 소중한 순간마저 평범하게 느껴지게 만든다. 그래서 나는 모름을 부끄러워하지 않고, 배움을 당연하게 여기며 매일 어제보다 나은 나를 만들어가는 삶을 지향한다. 한국에서의 작업을 잠시 내려놓고, 지금은 미국에서 다양한 문화와 언어를 경험하며 또 다른 성장의 기회를 찾고 있다. 제주에서 2년간 살 때는 도시가 그리웠지만, 막상 서울로 돌아오면 제주에서의 지난 순간들이 그립고 아름답게 느껴지듯이, 바쁘게 지내다 가끔 찾아오는 휴식은 달콤하지만, 한없이 쉬다 보면 분주한 일상의 에너지가 다시 그리워지기도 한다. 정답이 없는 삶 속에서 익숙함을 벗어나 스쳐 지나가는 것들에 감사할 때, 일상이 조금 더 아름다워진다고 믿는다.

증명사진에 개성을 담는 사진관 브랜드
〈시현하다〉 창립자이자 사진작가, 김시현

*

10년 다이어리

들춰보기

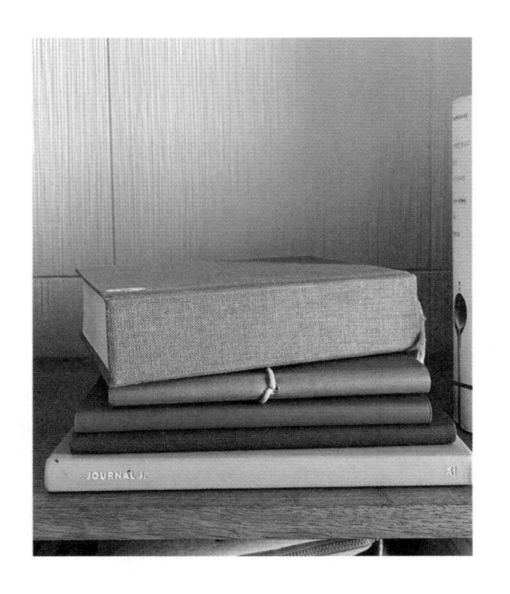

정신없이 바쁘게 지내다 문득 '지난달에 뭐 했지?', '작년 이맘 때는 뭘 하며 보냈더라' 하고 떠올려본다. 단박에 기억나지 않는다. 불과 며칠 지나지 않은 시간도 어느새 흐릿해져 휘발된 것 같다. 분명 내가 지나온 시간인데 돌아보니 먼지처럼 흩어져 버린 날들을 내 나름의 방식으로 잘 엮어두고 싶다는 마음이 간절해졌다. 그래서 생각날 때마다 줄글 일기장에 그날의 감정과 기억하고 싶은 일들을 적는다. 두루뭉술하게 뭉개진 감정과 생각을 종이 위에 옮겨 적으면, 분명하고 또렷해지는 기분이 든다. 가장 아끼는 건, 2020년부터 기록 중인 10년 다이어리다. 5월 1일을 펼치면 2020년 5월 1일과 2024년 5월 1일에 내가 한 일을 동시에 볼 수 있다. 엇비슷한 계절 속에서도 매년 내가 느끼고 겪어온 일들은 하나도 같지 않았다. 10년 다이어리를 종종 들춰보며 성실하게 지내온 과거의 나로부터 용기를 얻는다. 차곡차곡 모아온 사소한 기록들은 나에게 보여주는 가장 정확하고 따뜻한 위로가 된다. 별거 없는 일상일지라도 기록하는 순간, 특별한 의미가 더해진다.

서촌의 생활소품숍 〈보따리상점〉 대표, 구민영

*

계절의 변화에 집중한

나만의 리추얼

계절을 고스란히 느끼며 일상의 낭만을 잊지 않으려고 노력한다. 연말이면 나 혼자 보더라도 집 안 한구석 모퉁이에 연말 분위기를 낼 수 있는 작은 데코를 한다. 혼자서 집 밥을 차려 먹을 때도 좋아하는 그릇에 보기 좋게 담는다. 특별한 날이 아니어도 내 기분을 위해 퇴근길에 꽃 한 다발을 사서 화병에 꽂는다. 창밖으로 보이는 특별할 것 없는 도시 풍경도 계절에 따라 실내로 들어오는 빛의 깊이와 습도는 다르다. 그 변화를 알아차리는 것만으로도 일상이 조금 더 아름답게 느껴진다. 계절의 변화에 집중하며, 그때마다 소소한 자기만의 리추얼을 만드는 것. 반복되는 일상을 아름답게 만드는 나의 노하우다.

셀렉트숍 〈앙봉꼴렉터〉, 패션 굿즈 브랜드 〈피오〉 운영자, 강신향

*

눈길 닿는 곳에

아름다운 것 두기

일과 육아를 병행하면서부터 밖에 나가 보고 즐기는 시간이 줄어들었다. 디자인 영감을 얻기 위해 다양한 것을 보고 접하기 어려워진 나에게 매일 마주하는 공간에서 심미적 가치를 찾는 작업은 매우 중요한 일이 됐다. 아침에 눈 떴을 때 눈길이 닿는 곳에 예쁘고 향기로운 꽃을 꽂아둔다. 자연스레 휘어지는 꽃줄기의 선과 점점 변해가는 꽃잎의 색을 보며, 꽃이 놓인 집의 활력과 아름다움을 느낀다. 하루를 시작하는 가장 좋은 영양제다.

패션 굿즈 브랜드 〈피으〉 운영자이자 디자이너, 강현교

*

모든 순간에

감사하기

몇 년 전 운동을 하다가 무릎 부상을 크게 당해 재활 치료 중이다. 숨 쉬는 것처럼 당연했던 두 발로 걷기, 계단 오르내리기, 운전하기, 테이블에 편하게 앉아 이야기 나누기 등이 얼마나 소중했는지 새삼 느꼈다. 당연하게 여기는 일상이 한순간에 사라질 수 있다는 것을 인지하며, 보고 듣고 만지고 느끼는 모든 순간을 감사히 여기고 싶다. 당연한 것이 사실은 당연한 것이 아닐 수 있음을 아는 것만으로도 일상은 그 자체로 아름다울 수 있으니까.

브랜드 컨설팅 & 경험 그룹 〈더워터멜론〉,
국내 최대 브랜드 커뮤니티 〈Be my B〉 공동대표, 차상우

*

생경한 시선으로 보는

일상의 풍경

일상을 조금 더 아름답게 만들기 위한 방법 중 하나로 ‘일상의 풍경을 생경한 시선으로 바라보기’가 있겠다. 우리는 반복되는 일상을 뒤로한 여행지에서 내면에 잠들었던 감각이 살아나는 것을 느낀다. 낯선 풍경과 언어, 사람들과 그 지역 고유의 빛을 마주하며 평소라면 스쳐 지나쳤을 장면을 관찰자의 시선으로 바라보고 감흥에 젖는다. 일과 중 몇 분을 할애해 눈앞의 세상을 여행자의 시선으로 바라보면 어떨까? 점심을 먹으러 가는 길에 보이는 나무의 푸르름에서 계절의 무르익음을 느끼고, 건물에 드리운 바삭한 빛의 질감을 좇는 일. 아름다운 꽃에 취해 몇 번이고 셔터를 누르거나, 매일 마시는 커피의 맛과 향에 대해 조금 더 섬세하게 묘사해 보는 일처럼 말이다. 나에게 주어진 일상에 호기심을 더하면, 매일 새로운 풍경이 나를 설레게 하지 않을까?

아이덴티티 디자이너, 디자인 스튜디오 〈CFC〉 대표, 전채리

팀원들을 위한 아침 간식과

점심 준비

'건강한 먹거리가 행복한 삶을 가져다준다'고 믿는 브랜드 〈마켓레이지헤븐〉을 함께 만들어 가는 팀원들을 위해 매일같이 아침 간식과 점심 준비로 하루를 시작한다. '가장 마레헤스러운 패스트푸드'인 다양한 품종의 과일과 떡, 직영 농장의 유기농 채소들로 채울 수 있다는 것이 행복하고 뜻깊다. 매일 무언가를 함께 나누며 서로의 시간과 정서를 공유한다는 것. 특별할 건 없지만 하루하루 꼬박꼬박 꾹꾹 눌러 쌓아가는 나만의 아름다운 일상 노하우다.

농식품 큐레이션 플랫폼 〈마켓레이지헤븐〉 대표, 안리안

*

가까운 이들에게

온기 전하기

어느덧 익숙해져 당연시되고 무뎌진, 가장 가깝고도 특별한 이들에게 마음을 전한다. 무심했던 동료에게 반가이 아침 인사를 건네고, 소원했던 친구들에게 별일 없어도 안부를 묻는다. 바쁘다는 핑계로 마냥 기다리게 했던 가족에게 소소한 소식을 전하며, 지금 내가 줄 수 있는 가장 따뜻한 온기로 나와 주변에 아름다움을 조금씩 꽃피운다.

농식품 큐레이션 플랫폼 〈마켓레이지헤븐〉 COO, 유상진

*

아름다움을 느낄 수 있는 상태 만들기

삶은 하루하루로, 하루는 24시간으로 이루어져 있으므로 '일상'을 아름답게 산다는 것은 결국 삶에서 높은 빈도로, 또 반복적으로 경험하는 시간들을 아름답게 만드는 일이라고 생각한다. 그러면 아름답다는 것은 무엇일까. 개인적 경험에 따르면 그것은 특정한 물건이나 대상에 있기도 하지만, 그것을 바라보는 사람이 아름다움을 느낄 수 있는지에 전적으로 달려있다. 따라서 일상을 아름답게 만들기 위해서는, 어떤 대상에 의미를 부여하기보다는 자기 자신을 '아름다움을 느낄 수 있는 상태'로 만들고 유지하는 것이 중요하다. 나의 노하우는 뻔한 것들이다. 건강한 음식을 먹고, 매일 빠짐없이 운동하고, 되도록 문제가 발생하지 않게 하고, 주변을 좋은 사람들로 채우는 것. 정확하게는, 아름다움을 알아볼 수 있는 사람으로 살아가는 방법이 나에게 일상을 아름답게 만드는 방법이다.

*

사업가, 프로덕트 매니저, 오탁민

기록과 경험

아카이빙하기

여행 중 다이닝에서 우연히 귀에 들려온 음악, 지인들과 대화하며 마셨던 와인의 이름, 늦은 퇴근길 차로 다리를 건널 때 살며시 연 창문 틈 사이로 불어온 바람의 적당히 찬 내음…. 이렇게 기억에 남은 끌림의 조각을 모으다 보면 어느새 나의 주변은 온전한 '나다움'으로 물들어 있다. 글과 사진, 영상으로 일상에서 느낀 소소하지만, 긍정적인 감정을 차곡차곡 기록해 둔다. 그러다 보면 자연스럽게 내 모습과 닮아있는 안식처와 일터를 그리는 나를 발견하게 된다. 가장 나다운 것으로 채워진 내면의 공간. 어쩌면 이렇게 나다움으로 가득 찬 공간이 평범한 일상을 특별한 날처럼 빛나게 만들어 주는 건지도 모른다. 나아가 먼 미래의 나에게 선물하는 근사한 추억이 되어줄지도….

춘천의 복합문화공간 〈디어라운더 스튜디오〉 대표, 허문영

*

하루를 빛내는

작은 기쁨 모으기

마음이 복잡한 날엔 자전거를 타고 내리막길을 달리며 바람을 맞는다. 깊은 생각에 빠진 날엔 가벼운 산책을 나선다. 휴일 아침엔 창문을 활짝 열어 신선한 공기를 마시고, 좋아하는 음악을 들으며 커피나 과일 주스를 즐긴다. 이렇게 작은 기쁨들이 모여 하루를 빛나게 만든다.

60초 안에 잠들고 60초 더 머물고 싶은 잠자리를 만드는 브랜드
〈식스티세컨즈〉 대표, 조재만

*

쉼표를 찍으며

비워내는 시간

나의 일상은 물건을 만들고, 사람들을 만나며 쉬지 않고 무언가 채우는 일로 가득하다. 그래서 나는 비우는 일을 함께하며 일상의 균형을 맞추기 위해 노력한다. 출근할 때 주차장으로 바로 가지 않고 집 앞 공원을 어슬렁거리며 계절을 느끼는 3분, 오늘의 좋았던 순간을 기록하는 5분, 잎 차나 원두를 내릴 때 올라오는 향을 깊이 들이마시는 10초. 일상에 작은 쉼표들을 찍으며 비워내는 시간을 갖는다. 짧은 순간이지만, 그때만큼은 사회적 역할이나 관계 속의 내가 아니라 그저 나로서 존재한다. 오로지 나를 위한 시간이라서 스스로를 다정하게 돌보는 기분이 든다. 이렇게 균형을 맞추며 살아가는 하루하루가 쌓이면, 나만의 궤적이 단단하게 만들어지면서 일상을 더 아름답게 살아가고 지켜낼 수 있는 힘이 생긴다.

*

60초 안에 잠들고 60초 더 머물고 싶은 잠자리를 만드는 브랜드
〈식스티세컨즈〉 브랜드 디렉터, 김한정

아내와 나누는

20분의 대화

매일 저녁 아내와 하루를 마무리하며 대화하는 시간을 갖는다. 서로 떨어져 있는 동안 어떤 하루를 보냈는지, 밥은 맛있게 먹었는지, 언제 웃었는지, 딸과는 어떤 시간을 보냈는지 묻는다. 바쁘게 흘러간 오늘을 다독이며, 내일은 어떤 하루를 보낼지 작은 도움을 주고받는다. 가끔은 딸이 아기였을 때 사진을 함께 보며 웃기도 한다. 딸이 잠에서 깰까 봐 조심스레 낮춘 목소리와 입가에 미소를 머금은 채. 하루 중 가장 아늑하고 편안한 순간이자, 즐거운 내일을 열어주는 행복의 20분이다.

디자인 편집숍 〈포스트 빌리지〉 그래픽디자이너, 김국환

*

자발적이고 능동적으로 살아가기

작년 여름까지는 나도 모르게 무시당하지 않기 위해, 차별받고 싶지 않았기에, 수동적이고 방어적으로 악착같이 살았다. 지금 내 핸드폰 배경 화면에는 이런 말이 적혀있다. '살아있는 동안 가난한 사람을 사랑하는 사람은 죽을 때 두려움이 없다.' 무언가 가지려고 하는 통념에서 벗어나 자발적으로 하고 싶은 것을 하며 살아갈 수 있을 때, 그제야 주변을 둘러보는 여유가 생기고 따뜻한 말 한마디를 스스로에게, 그리고 내 주변 사람에게 건넬 수 있다는 걸 이제는 안다.

화가, 월 300km를 뛰는 러너,
철학가를 꿈꾸는 38세 늦깎이 대학생, 우병윤

*

무엇을 원하는지

끊임없이 나에게 묻기

아주 작은 일이라도 내가 원하는 것이면 대단한 일이다. 나의 취향이 하나둘 생기면, 타인의 선택에 의한 일상이 아닌 스스로 선택한 나만의 일상이 생기지 않을까? 근래에는 이른 아침 전시장 앞을 쓸어내는 것, 밤새 내려둔 블라인드를 올려 아침 볕을 맞이하는 것, 언덕길을 내려가며 동네 할머니와 눈인사하는 것을 누린다. 나는 아주 쉽고, 작은 선택부터 한다. 오롯이 나를 위한 일생을 만드는 것 자체가 아름다움이라 여기며.

작가 겸 배우, 김모아

*

소소하게 반복되는

행복 루틴

행복을 위한 루틴을 만들고 지켜나간다. 나의 행복 루틴은 거창함보다 소소함에, 하고 싶은 것보다 해야 할 것에 가깝다. 매일 아침 공복에 물 한 잔 마시기와 스트레칭, 당일 업무 스케줄을 살펴보는 것으로 하루를 시작하고, 잠들기 전에는 명상으로 하루를 마무리한다. 소소하지만 반복적인 루틴이 매일을 아름답고 행복하게 만든다.

할머니의 행복을 담는 생활양품점 〈마르코로호〉 대표, 신봉국

*

반려동물과

함께하는 시간

무의미하게 사용하는 시간을 의식적으로 줄이려고 노력한다. SNS 둘러보기나 예능 프로그램을 보는 대신, 반려동물에게 애정을 쏟고 조금 더 돌보는 시간을 갖는다. 이들만큼 우리 부부의 삶을 아름답게 만들어 주는 건 없으니까. 반려동물과의 시간은 유한하기에, 쓸데없는 시간을 줄이고, 이들과 함께하는 시간에 힘을 쏟는다.

작은 와인바 〈조용한저녁〉 운영자, 김천호

일상의 앵글을 바꿔

새로운 각도 찾기

우리의 하루는 대부분 반복되는 루틴을 배경으로, 그리고 그 날 끝마쳐야 하는 업무를 주인공으로 녹화되고 있는 듯하다. 그러나 때때로 나의 앵글을 조금만 움직여 보면, 음악이 들리기도 하고 색깔이 선명해지기도 한다. 시시한 일상과 루틴 속에서 의식적으로 나를 둘러싼 무드에 집중해 본다. 앵글을 조금씩 바꿔 새로운 각도를 찾고 클로즈업한다. 이미 아름다운 나의 일상을 굳이 손가락으로 짚어보는 연습이 우리에겐 필요하다.

카페 〈마타사〉 대표, 정혜선

*

있는 그대로의

나를 기록하기

나는 그날의 생각을 솔직하게 기록하고, 주저 없이 모두에게 공개한다. 때로는 뿌듯하고 기쁘기도 하며, 때로는 부끄럽고 우울하기도 하지만, 그래도 거짓 없이 써 내려간다. 감정을 숨기지 않고, 생각을 포장하지 않으며, 그저 있는 그대로 적는다. 어떤 날은 사소한 기쁨이 빛나고, 어떤 날은 숨기고 싶은 감정이 고스란히 드러난다. 하지만 그런 순간들마저도 나의 일부이기에 외면하지 않는다. 솔직하게 적다 보면 문장 속에서 진짜 나를 발견하게 된다. 나로 살아간다는 건 당연하지만, 결코 쉬운 일이 아니다. 사회가 요구하는 모습의 가면을 쓰고, 그것이 진짜 나인 줄 알며 살았을 때는 몰랐다. 하지만 언젠가 홀로 마주한 나와의 괴리가 너무 크다는 걸 깨달았다. 그 순간, 불행이 그 틈을 비집고 들어왔다. 다시는 그 틈이 생기지 않도록 있는 그대로의 나를 기록한다. 그것이 나를 지키는 길이며, 결국 나를 온전히 받아들이는 방법이라고 믿기 때문이다.

〈블랭코브〉, 〈네이더스〉, 〈슬로우스테디클럽〉의 엄마, 원덕현

*

영감이 가득한 공간

찾아가기

영감을 받을 수 있는 공간에 간다. 전시관이나 숍, 카페 또는 타인의 작업실 등 나에게 영감을 주고 자극받을 수 있는 곳이라면 어디든 좋다. 그리고 그곳을 사진으로 남긴다. 사진이 모이면 나의 취향이 생기고, 내가 좋아하는 것이 무엇인지 깨닫게 된다. 나와 내 일상이 더 재밌고 아름답게 만들어지는 방법이다. 또, 걷기 좋은 계절에는 해외여행을 간다. 그 나라 사람들에겐 늘 걷는 익숙한 길이겠지만, 한국말이 들리지 않고 한국어 간판이 보이지 않는 곳을 걷는 일은 나에게 낯선 설렘을 준다.

가구를 좋아하고 가구가 있는 공간을 사진으로 담는 사람,
진저아이웨어의 안경을 소개하는 〈진저하우스〉의 매니저, 최다솜

즐거움을 찾아

집 밖으로

동네를 넘어 온종일 서울을 휘젓고 다닌 후 어둠이 내린 집에 돌아오면 다섯 살 만복이가 거물거물한 눈으로 꼭 하는 말이 있다. "아빠, 오늘은 꽤 근사한 하루였어." 그래서 나는 집을 사랑하되 주로 밖에 있다. 아니면, 집을 바깥처럼 사용한다. 친구와 자연, 새롭고 모르는 것들은 전부 바깥에 있으니까. 바뀔 게 없는 집에만 있다면 안전하고 편안하겠지만, 그만큼 즐거울 일도 없지 않을까.

건축가, 김한중

오래된 것에서

새로움 발견하기

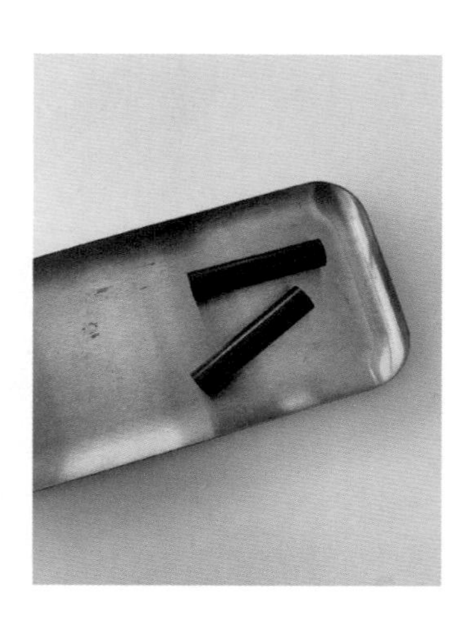

발명은 싫어하지만, 발견은 좋아한다. 원래 있어야 할 자리나 쓰임이 태어날 때부터 정해진 건 없다고 상상하면 즐겁고 아름다운 광경이 펼쳐진다. 사물과 공간의 구성품을 다시 들여다보며 그 안에서 새로운 가치를 발견한다. 오래되고 낡은 것에서 내 눈에만 보이는 새로운 무언가를 발견할 때 희열을 느낀다. 살포시 다른 곳에 옮겨보기도 하고, 살짝 떼어내 다른 곳에 붙여보기도 한다. 생각하지 못했던 낯선 조합은 새로운 아름다움이 되고, 다른 이들에게는 또 다른 영감을 불러일으킨다. 그래서 나도 행복하고 그들도 행복하다. 아마 그 사물 역시 달라진 쓰임으로, 또는 쓰임의 연장으로 행복하다고 느끼지 않을까? 내가 다시 살려낸 사물들의 마음이 어떨지 한 번쯤은 직접 이야기를 들어보고 싶다.

*

오래된 것을 새롭게 바꾸고 고쳐 쓰는 것을 좋아하는 디자이너, 박선주

일상의 반복을 타고 여행하기

언젠가부터 어떻게 살면 좋을지 고민하기 시작했다. 아마도 남들과 똑같은 방식으로는 즐겁게 살 수 없다는 걸 깨달았기 때문일 것이다. 그래서 매주 블로그에 일기를 쓴다. 어떤 것을 보았는지, 무엇을 먹었는지, 누구를 만났는지, 그리고 무엇을 느꼈는지 적으며 나를 알아간다. 내가 좋아하는 것과 나와 맞지 않는 것들을 하나씩 발견해 나간다. 일상이 반복이라면, 나는 그 반복을 타고 여행하는 여행자가 되기로 했다. 순환하듯 여행하며 나를 즐겁게 할 것을 찾아 나선다. 좋아하는 일을 하면 일상은 더없이 아름다워진다. 좋아하는 음악을 들으며 눈을 뜨고, 출근길에 들른 카페에서 마신 커피 한 잔에 작은 행복을 느낀다. 먹고 싶은 음식이 있으면 먼 곳까지도 찾아가고, 좋아하는 웹툰이나 영화를 보며 하루를 마무리한다. 동네를 천천히 걷거나 내려야 할 곳의 한 정거장 전이나 후에 내려 낯선 곳에서 예쁜 풍경을 발견하기도 한다. 아름다움은 늘 우리 주변에 있고, 그것은 우리가 발견해 주길 기다리고 있다.

*

보통의 것에서 특별함을 발견하는 사진가 겸 작가, 김규형

나만의

건강 루틴 지키기

몸과 마음의 건강함이 나를 더 아름답게 만든다고 생각한다. 매일 아침 챙겨 먹는 채소가 가득한 식사와 스트레칭, 매주 가는 풋살 모임과 등산 모임, 매월 감도 있는 공간과 F&B 브랜드를 답사하며 기록하는 일이 나만의 건강 루틴이다. 거대한 변화는 나에게 전환점을 만들어 줄 수 있지만, 일상의 작은 루틴은 나를 그 상태로 유지하게 만들기에 건강 루틴을 지키기 위해 노력한다.

취미 여가 플랫폼 〈프립〉 대표이사, 임수열

*

주말 아침의

동네 달리기

주말 아침, 가까운 중랑천으로 동네 달리기를 나간다. 멀리 뛰고 싶을 때는 한남대교, 커피가 생각날 때는 영동대교 방향으로 달린다(뚝도시장 쪽에 러너들을 위한 카페가 많다!). 보통 5~10km 정도를 달리는데, 그 자체로 주말이 풍성해지는 기분이다. 많은 이가 러닝에 빠져들고 있는데, 나도 그 이유를 알아가는 요즘이다.

의류 브랜드 〈디아이에이치 HOLUBAR〉 사업본부 본부장, 김양민

*

나를 위한 시간으로

채우는 아침

가족이 일어나기 한두 시간 전은 온전히 나를 위한 시간으로 채운다. 은혜롭게도 나는 아침형 인간이다. 해가 일찍 뜨는 봄과 여름에는 새벽 산책을, 추위가 거세지는 늦가을과 겨울에는 독서와 기록으로 아침을 연다. 조금은 꾸물거리며 가족이 일어나기 전에 아침을 차린다. 신선한 제철 과일을 준비하고 플레인 요거트에 블루베리도 잊지 않는다. 각자의 알람에 맞춰 벌떡 일어나 주방으로 들어오는 아이들을 꼬옥 안아주는 것도 건너뛸 수 없는 나의 아침 루틴이다. 잊을 만하면 한 번씩 단골 꽃가게에 들러 새로운 조합으로 꽃을 사 온다. 식물은 집에 생동감과 아름다움을 더한다. 식물이 없는 집은 상상하기 힘들다. 이렇게 나만의 일상 루틴을 만들어 놓는 것은 하루하루를 수놓는 자수와 같다.

*

《집과 산책》의 작가, 온라인 잡화점 〈빌라플럼〉 운영자, 손현경

햇살과 바람이

머무는 산책

사업은 장시간 업무와 스트레스로 삶을 고립시키고 일상을 건조하게 만든다. 그럴 때 나는 햇살을 맞으러 나간다. 천천히 걸으면서 나무의 주름 하나, 벽돌 위 이끼도 내 일상으로 들어오게 한다. 가볍게 스치는 바람까지 더해지면 인생은 살 만한 곳이라고 생각하게 된다.

플라워 브랜드 〈꾸까〉 창업자이자 대표, 박춘화

내 주변

다시 보기

내 주변을 좀 더 천천히 바라보고 생각하려고 노력한다. 새롭고 자극적인 것을 찾기보다 지금까지 오랫동안 가지고 있었지만 잘 풀어내지 못한 사물, 풍경, 사람 등 주변 이야기를 다시 한번 천천히 떠올리며 하루를 보낸다.

영화감독, 이와

*

시간을 잊고

일상 감각하기

일상을 더 감각하고 싶을 때 나는 시계와 핸드폰을 보지 않는다. 일부러 시간을 의식하지 않고, 눈앞에 보이는 것들을 더 깊이 감각하려고 한다. 살아보니 정말 좋은 것들은 대부분 시간이 걸리고, 때로는 조금 더 번거로울 때 비로소 느낄 수 있었다. 요즘 나는 7개월이 된 아기와 함께 시간을 보낸다. 그 아름다운 일상에 온전히 몰입하기 위해 아이의 시간에 내 하루를 맞춘다. 시간을 신경 쓰지 않고 하루를 보내면, 아이의 작은 몸짓, 미세한 표정 변화, 손끝에서 전해지는 온기까지 더 선명하게 다가온다. 핸드폰을 내려놓고, 시계를 보지 않으면, 지금 이 순간을 온전히 느낄 수 있다. 그렇게 시간을 잊을 때 비로소 일상이 더 깊어지고, 더 아름다워진다.

기록 생활자, 마케터이자 작가, 이승희

✳

매일 하는 일에

의식 더하기

매일 하는 일에도 나만의 의식을 더한다. 예를 들면, 카피를 쓸 때는 꼭 줄이 그어져 있지 않은 노트 위에 연필로. 정말 중요한 카피를 쓸 때는 그 연필도 조금 더 세심하게 고른다. 런던 내셔널 갤러리에서 사 온 연필, 후배가 선물해 준 연필, 열대의 작은 섬 호텔에서 가져온 연필. 특별한 연필에서 특별한 카피가 나올 것이라 굳게 믿는다. 100m 달리기를 하기 전 숨을 고르듯, 카피를 쓰기 전엔 연필을 뾰족하게 깎는다. 머리가 복잡할 땐 책상 위에 작은 정원을 가꾸는 마음으로 모아둔 연필통에서 이런저런 연필을 꺼내 들여다본다. 지루한 일상 위에 올려진 후추알 같은 순간이다.

광고 회사 〈TBWA KOREA〉 크리에이티브 디렉터, 유병욱

*

나를 깨우는 뒷산 오르기

뒷산을 오른다. 뒷산을 오를 수 있다는 것은 나에게 여유 시간이 주어졌다는 것. 이것만으로도 일상을 아름답게 살필 수 있는 여유가 있다는 방증이 된다. 봄에는 경이로운 땅심을, 여름엔 신록이 주는 가능성을, 가을엔 영그는 열매의 풍요를, 겨울엔 정신을 번쩍 뜨이게 하는 청명함을 느낀다. 새와 다람쥐, 꽃나무를 지나 완만한 둔덕을 오르면 우리 동네가 발밑에 펼쳐진다. 별일도 아닌 뒷산 오르기가 나를 깨우고, 다듬고, 떠오르게 한다.

귀여운 마음으로 한국 정서를 잇는 브랜드 〈오이뮤〉 대표, 신소현

*

집중할 하나를 제외하고

포기하기

변변한 잔고도, 작은 집 한 칸도 마련하지 못한 채 근 8년간 꿈에 몰두했다. 코로나19, 이태원 참사 등으로 기획사, 여행사, 식당, 숙소 등이 하나씩 쓰러질 때, 나는 '보통 일상'을 포기하려고 했다. 그 보통 일상이란 가족과 맛있는 식사를 하고, 마음 편히 잠드는 것이었다. 다 포기하려고 간 바닷가에서 움직임 없이 한나절을 보냈다. 그때 전화 한 통을 받았다. "우리, 어떻게든 해보자." 아내는 임신한 지 한 달이었다. 마음을 다시 먹었다. 인정하고 사과하고 포기하고 하나씩 해결하면서 2년을 보냈다. 지키고 싶은 것을 위해 모든 것을 포기할 수 있다는 마음, 그 마음 다음에야 비로소 일상이 아름다워지더라. 보통 일상과 가까워지더라.

브랜딩이 필요한 브랜드를 위해 콘텐츠를 기획하는
목포의 로컬 크리에이터 〈공장공장〉 대표, 박명호

*

특별한 순간

삶에 들이기

알람 소리 대신 햇살에 눈을 뜨는 것을 좋아한다. 일어나자마자 깨끗한 물 한 잔을 마시고 이불을 정리한다. 일찍 눈을 떠 여유로운 아침이면 좋아하는 음악을 틀어놓고 글을 쓴다. 벌써 5년째 이어온 나의 아침 리추얼이다. 내가 특별함을 느끼는 순간들을 삶 속으로 들이면서, 나의 일상도 조금 더 단정하고 나다워졌다. 주말이면 식물들에게 듬뿍 물을 주고, 소중하게 모은 LP를 턴테이블에 얹어 작은 낭만을 즐긴다. 내가 나를 사랑하는 방법은 여러 가지다. 좋아하는 향과 음악 더하기. 쉽게 감사하고 감탄하기. 기록하는 시간 만들기. 초록을 가까이하기. 햇볕 쬐기. 몸을 움직이기. 거창한 변화가 아니라 아름다움을 느끼는 순간을 스스로에게 선물하는 것. 삶의 풍요로움은 그렇게 만들어진다.

*

마케터 겸 작가, 사이드 네비게이터, 정혜윤

취미 생활을 통해

건강한 활력 얻기

일이 전부라고 생각하며 하루하루 몰두해 지내는 나날을 보냈다. 그러다 작고 단순한 취미가 하나 생겼고, 또 다른 세상이 있다는 걸 몸소 느꼈다. 일이 최고라는 생각이 무색해질 만큼 작은 취미 생활을 통해 많은 깨달음을 얻으면서 이전보다 건강한 생각과 강한 활력으로 일상을 이어 나가게 됐다.

가구 디자이너, 김비

*

집과 마음의 여백을 만드는 일

"먼지는 매일 쌓여. 매일 청소기를 돌려야 하는 이유야." 엄마가 늘 내게 했던 말이다. 더러운 것이 눈에 보이지 않아도 습관적으로 집을 정리하다 보면 왠지 모르게 머릿속도 정돈되는 기분이라 좋다. 엉긴 마음의 먼지도 매일 한 꺼풀씩 떼어내 줘야 한다. 가능하면 좋은 기억은 그 자리에 남겨둔 채로. '쟤는 왜 저래', '난 왜 그랬을까'. 자기 전 일기장에 내 속을 청소하듯 글을 뱉는다. 그러고 나면 다음 날 다시 상쾌한 하루를 시작할 수 있다. 집과 마음의 여백을 만드는 일. 더 행복한 내일을 만들기 위해 나는 청소한다. 내 집과 마음을.

트렌드 미디어 〈캐릿〉 에디터, 이시은

*

하루를 마무리하는

짧은 일기

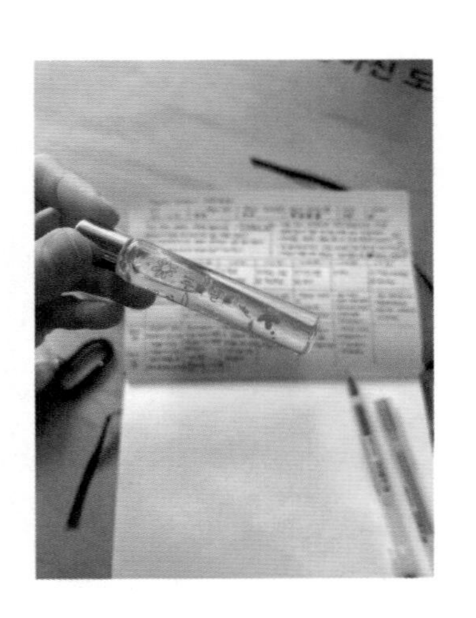

해가 지날수록 시간이 더 빠르게 흘러가는 것 같다. 아가였던 아이는 어느새 훌쩍 자라 초등학교 3학년이 되었다. '이렇게 허둥지둥 보내다가 금세 50대, 60대가 되면 어쩌지?' 흩어지는 시간이 덧없을 때도 있었다. 그래서 매일의 시간을 촘촘히 기록하고, 짤막한 일기로 하루를 마무리하는 습관을 들였다. 잠들기 15분 전, 하루를 어떻게 보냈는지 시간대별로 기록하며 순간순간 느꼈던 마음을 돌아본다. 그러면 까맣게 잊었던 시간도 다시금 기억하게 된다. 특히 오늘 하루 가장 뿌듯했던 시간을 적을 때면, 미처 해결하지 못해 속상했던 일도 '그래도 이렇게나 노력했구나!' 싶어 나 자신을 위로하게 된다.

핸드메이드 비누 & 스킨케어 브랜드 〈한아조〉 대표, 조한아

*

새벽을 감각하는

시간 쟁취하기

동틀 녘의 고요함은 생의 탄생을 온몸으로 느끼게 하고, 매일의 시작을 겸허히 받아들이게 한다. 멍한 정신을 깨우기 위해 세수와 양치를 하고, 커피포트에 끓인 물과 냉수를 섞어 미지근한 물을 한 모금 마신다. 창문을 열어 잠시 환기한 뒤 의자에 앉아 타이머를 맞추고, 오롯이 한 시간 동안 떠오르는 생각을 휘갈긴다. 알람이 울리면 긴장을 풀고, 천천히 커피 한 잔을 내려 기록을 되짚어 본다. 그렇게 하루를 준비하며 '오늘도 잘 살아 보자'고 다짐하는, 새벽을 쟁취한 하루의 시작은 늘 좋다.

기술 융합을 통해 언제 어디서나
자연을 마주할 수 있는 삶을 만드는 브랜드 〈섬세이〉 COO, 박찬빈

*

기대하지 말고

일단 하기

일상을 아름답게 하는 방법 중 하나는 기대하지 않는 것이다. 기대하면 성과에 집착하게 되고 성과가 나지 않으면 포기하게 된다. 하지만 기대하지 않은 작업에는 작은 피드백도, 조그마한 발전도 큰 기쁨으로 다가온다. 무언가 할 때 이를 통해 성공하는 자신을 그리고 있는가? 이는 도전을 주저하게 만드는 나쁜 버릇 중 하나다. 기대한다는 것은 최적의 기회를 기다린다는 것이고, 기다림은 결국 무산으로 이어질 때도 있다. 무언가 기대하고 기다리지 말고 일단 하자. 많은 횟수의 시도만큼, 과녁의 정중앙을 정확하게 맞추는 방법도 없다.

매거진 《The Kooh》와 출판 레이블 〈닷텍스트〉의 편집장, 고성배

*

공간을 설계하듯

하루를 정성스럽게

하루를 여는 아침 운동, 좋아하는 백반집에서의 따뜻한 점심, 아홉 살 반려견 에그와의 산책, 그리고 일요일의 예배. 반복되는 이 루틴이 내 삶을 단단하게 다져준다. 같은 길을 걷는 것 같아도, 그것은 단순한 반복이 아닌 나선형 계단. 알게 모르게 한 층씩 올라서고 있다고 믿는다. 익숙한 일상에서 새로운 영감을 찾는 것. 작은 습관들이 모여 삶을 더 아름답게 만드는 것. 공간을 설계하듯 하루를 정성스럽게 쌓아가는 것. 이 과정들이 곧 나를 이루고, 나를 성장하게 한다. 공간을 디자인하듯 일상도 섬세하게 설계하며 루틴 속에서 영감을 발견하고, 삶을 더 단단하고 의미 있게 채워나간다.

공간 디자인 스튜디오 〈스튜디오 김거실〉 대표, 김용철

*

나와 나누는

다정한 대화

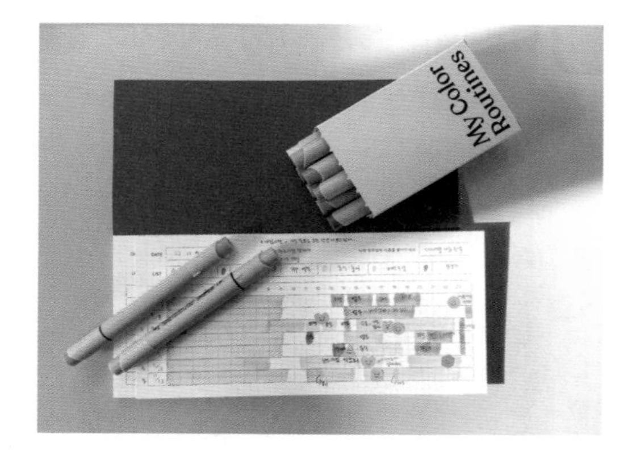

일주일 단위로 감정을 회고하는 시간을 갖는다. 해야 할 일에 휩싸이다 보면 나에게 진짜 필요한 질문을 놓칠 때가 많다. 일주일에 20분, 마음을 좋게 한 일은 무엇이었는지, 반대로 힘들었던 일은 무엇이었는지 스스로에게 물어본다. 컬러로 툭툭 일상을 시각화하면, 시간의 연결고리들이 보이기 시작한다. '한 주 동안 내가 제일 행복했던 일은 아침 산책이었구나', '하루 종일 바깥에서 사람들을 만나고 오면 다음 날 오전까지 나는 마음이 힘들구나' 하는 작지만 중요한 발견이 나를 돕는다. 다음 한 주에 나를 돌보는 시간을 만든다면 또 무엇을 할지 상상하며, 매주 나와 나누는 다정한 대화를 연습한다. 아무리 바빠도 꼭 사수하고 싶은 루틴 중 하나다.

셀프케어 플랫폼 〈라이프컬러링〉 대표, 유보라

*

고양이 세 마리와

침대에 누워

하루 중 유일하게 편안하고 나다워지는 시간은 밤에 침대에 누워 반려 고양이 세 마리에게 둘러싸여 사랑을 독차지하는 순간이다. 한 마리는 내 다리에 기대 그루밍하고, 다른 한 마리는 내 다리 사이에 자리를 잡고 엉덩이를 내밀고, 마지막 녀석은 가슴 위에 올라앉아 내 얼굴을 핥는다. 그리고 저마다 한 마디씩 내게 건넨다. '그런다고 지구가 망해? 사는 게 뭐 별거야? 아 됐고, 엉덩이나 두들겨!' 까칠한 녀석들의 혀가 내 얼굴에 닿을 때 늘 생각한다. '그래, 사는 게 뭐 그리 대수냐. 인생은 고양이처럼!'

시각 예술가, 윱쓰양

목적 없이

무언가 좋아하기

40대가 된 후로 대부분 목적에 의한 소비를 한다. 그런데도 바이닐 레코드만큼은 이유 없이 산다. LP는 주로 음악 장르나 커버 디자인을 보고 고른다. 특정 장르에 포진한 끌리는 커버 디자인의(잘 모르는 뮤지션의) 앨범을 고르는 셈이다. 이 LP에선 어떤 멜로디가 흐를까. LP를 턴테이블에 올리기 직전까지의 시간이 왠지 모를 설렘을 안겨준다. 더는 목적 없이 무언가를 사는 게 불가능한 나이임에도 목적 없이 무언가를 좋아한다는 사실은 일상을 조금 더 아름답게 만든다.

매거진 《B》 디렉터, 서재우

*

아름다운 것을

내 주변에 두기

'Like Beautiful Things'라는 문구를 꾸준히 사용해 왔다. 나는 아름다운 것을 내 주변에 두는 것으로 일상의 아름다움이 시작된다고 생각한다. 예를 들면 아침 식사를 하면서 바라보는 곳에 아름다운 것을 놓아두거나 오랜 시간을 머무는 작업실 한편에 감각적인 오브제를 장식하는 것, 맑은 날에는 밤하늘의 달과 별을 보는 것처럼. 아름다움이란 우리의 일상 어디서든지 보고 느낄 수 있어야 더 가치 있지 않을까.

흙을 바탕으로 기와 오브제를 만드는 아티스트, 이혜미

*

작은 순간을 모은

수집 노트

나는 매일의 작은 순간들을 수집한다. 나를 수집하기도 하고, 내가 좋아하는 사람들의 이야기를 수집하기도, 애정하는 브랜드의 어느 순간을 수집하기도 한다. 세밀한 관찰력으로 내 삶의 소소한 순간의 의미를 놓치지 않고, 단단한 발견력으로 일상의 반짝이는 영감을 끌어안는다. 매일 밤, 나의 하루 조각들을 책상에 펼쳐놓고 오밀조밀하게 살피는 시간을 갖는다. '나의 우주'라고 할 수 있는, 책상 위 시간에는 나를 향했던 오늘의 아름다운 순간들이 분명하게 존재한다. 울고, 웃고, 감동하고, 아파했던 내 일상의 숱한 순간을 모은 수집 노트가 두툼해질 때면, 그 많은 아름다운 나의 일상을 다시 동경하며, 내일의 일상을 기대해 본다.

응원대장, 일상기록가, 다정한 관찰자 올리부, 서은아

*

나를 미워하지 않도록

시간의 순서 바꾸기

한동안 나를 미워했다. 회사에서 팀원들과 하루를 보내며 업무를 마치고 나면, 정작 회사의 시스템을 만들거나 미래를 위해 고민하는 데 집중할 시간이 부족했다. 열심히는 살지만, 하루하루를 겨우 버텨내는 느낌이 늘 나를 불안하게 했다. '오늘은 퇴근 후 꼭 2시간 정도 무언가 하겠다'고 다짐해도, 저녁 식사를 하고 나면 찾아오는 피곤함에 잠들기 바빴다. 그럴 때마다 '내일은 꼭… 내일은 꼭…'을 외쳐보지만 결과는 같았다. 의지가 부족한 나를 원망하는 날들이 반복됐다. 얼마 전부터 그런 나를 인정하기로 했다. 어느덧 내 나이도 마흔셋, 예전처럼 늦게까지 집중해서 무언가 할 수 있는 체력이 아니라는 것을. 저녁이 되면 어차피 졸린 거 9시에 일찍 잠자리에 들고, 새벽 4시에 일어나는 것으로 루틴을 바꿨다. 1시간 정도 러닝을 하고 아침 6시까지 출근한다. 9시에 팀원들이 오기 전까지 3시간 동안 급하지 않지만 중요한 일을 한다. 내가 사용하는 시간의 순서를 바꾼 것만으로도 이제는 나를 미워하지 않게 됐다.

새로운 미션으로 새로운 나를 발견하는 〈미션캠프〉 대표, 김재진

*

하루 한 장

사진 일기

하루 한 장면, 하루 한 문장을 남기려고 노력한다. 휴대전화 사진첩을 열어보면 대체 왜 찍었는지 모를 사진이 수두룩하다. 어느 순간, 불완전한 기억을 기록으로 채우지 않으면 안 되겠다고 느꼈다. 그때부터 그날 찍은 사진들 중 한 장을 골라 사진 일기를 쓰고 있다. 사진을 찍을 때 담긴 나의 시선은 짤막한 메모를 적으며 구체화된다. 사진 일기가 차곡차곡 모이면 내가 무엇을 보았는지, 거기서 무엇을 발견했는지 알게 된다. 어떤 장면에 마음을 내어주는지 아는 것은 나를 조금 더 분명하게 만들어준다. 공쳤다고 생각하는 날조차 어딘가에는 빛이 있다. 이 사진을 찍은 날, 나는 이렇게 적었다. "바람과 발 구름에 날린 낙엽들. 떨어진 뒤에도 다시 날 수 있다. 그것이 잠시라 할지라도."

읽고 쓰고 듣고 말하는 사람, 시인, 오은

*

비교하지 않고

나에게 집중하기

비교하지 않는다. 비교하면 비참해지거나 교만해지거나 둘 중 하나가 되니까, 나에게 집중한다. 스스로가 무얼 잘하고 못하는지, 무얼 알고 모르는지 파악하는 것을 중요하게 생각한다. 개인적으로 음식을 먹고 나면 '배부르다'라고 표현하지 않고, '잘 먹었다'라고 말하려고 의식적으로 노력한다. 수준 높고 탄탄한 자의식, 오직 아름다운 자의식만이 나의 일상과 심신을 아름답게 만들어 주리라 믿기 때문이다. Know Thyself(너 자신을 알라), 얼마나 아름다운 표현인가.

가방장수, 트립웨어 브랜드 〈로우로우〉 대표, 이의현

익숙함 속에서

영감을 발견하는 대화

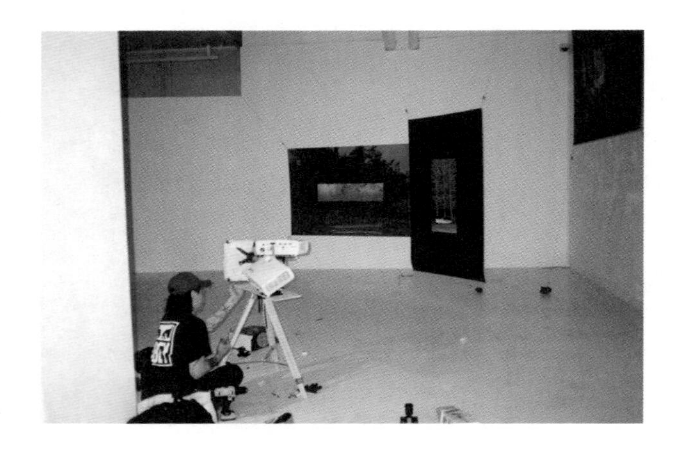

나는 연애를 오래 했지만, 평소 상대와 대화가 끊이지 않도록 노력한다. 잔소리로 들을 수 있는 조언도 서로에게 잘하는 편이다. 서로의 습관이나 행동 양식을 비롯한 각자의 작업에 대한 피드백도 아끼지 않는다. 아무래도 둘 다 대화 중에 나온 과감한 조언을 받아들이고 행동으로 실천하기를 두려워하지 않는 성향인 듯하다. 이 '받아들이기'는 서로의 관점과 시선에 대한 믿음을 바탕으로 하기에, 우리의 삶에 양분을 주고 발전적인 관계를 도모한다. 우리에게 대화는 일상이자 삶을 가꾸는 방법인 것도 같다. 잦은 대화는 익숙함 속에서 영감을 발견하게 하고, 우리가 인생을 함께 달리고 있음을 느끼게 한다.

관계를 주제로 작품을 만드는 아티스트 듀오 〈신단비이석예술〉, 이석

성취감을 주는

물건 만들기

내가 직접 만든(또는 리폼한) 물건으로 나의 공간을 꾸며보길 추천한다. 잘 만들지 않아도 괜찮다. 어디에도 없는 단 하나, 그것도 나의 손끝에서 탄생한 무언가를 내가 놓고 싶은 곳에 두고 바라보는 거다. 사회생활을 하면서 내 맘대로 되는 게 하나도 없다고 느낄 때, 딱히 쓰임이 없어도 내가 만든 물건을 바라보며 묘한 편안함을 느꼈다. 그 안에서 또 무언가 할 수 있다는 에너지를 받는 것 같다. 이런 성취감이 일상을 힘내서 살아갈 수 있게 만들어 준다고 생각한다.

브랜드 커뮤니케이터이자 스타일리스트, VMD, 오화원

*

작은 오브제로

아름다움 채우기

몇 년간 몰입했던 사업에서 번아웃이 온 걸까. 요즘 나는 흘러가는 대로 삶을 두고 있다. 몇 달간 내리 게으름만 피우며 지내고 보니 즐거움과 행복도, 미칠듯한 스트레스도 나에게 머물러 있는 순간이 그리 길지 않았다. 그만큼 좋은 일도 안 좋은 일도 빨리 잊혔다. 그 대신 나는 작은 것들, 여행에서 모은 오브제 같은 것에 의미를 두고 있다. 이를테면 여행하다 만난 그림과 엽서 그리고 작은 돌멩이 하나에. 이런 걸 바라보고 있으면 그때 기억이 되살아나 내 삶을 채워주는 기분이 든다. 일도 관계도 내 뜻대로 되는 건 없더라. 너무 집착하지 말자. 작은 아름다움으로 채워가다 보면 일상은 행복해질 것이다.

고양이 심바와 종로구 부암동에 살고 있는, 료한

*

편지 쓰는 시간

마련하기

편지 쓰는 시간을 마련하는 것. 그리고 받은 편지를 다시 읽어 보는 것. 성공을 바라는 빡빡한 사회에서 우리가 균형감 있게 가져가야 할 덕목이 있다면 그것은 '인간성'이다. 편지는 인간성을 유지하는 하나의 방식이다. 두 가지를 실천하기란 늘 어렵지만 편지지와 봉투를 넣어두는 서랍 한 칸을 마련하고, 받은 편지를 모아두는 전용 상자가 있다면 행동으로 옮기는 일은 보다 수월해질 수 있다.

편지 가게 〈글월〉 대표, 문주희

*

나의 세계관이 담긴

공예 활동

요즘 집에 있는 시간에 식물을 가꾸고, 그림을 그리고, 차를 내려 마시고, 글씨를 쓴다. 또, 나만의 사색으로 가득한 세계관을 담아 무언가 만드는 데 열중한다. 얼마 전에는 금박으로 작업한 '이도다완' 그림을 갤러리 실장님에게, 소박한 솜씨로 그린 십장생도를 동네 이웃에게 선물했다. 반대로 지인으로부터는 직접 만든 의자를 선물 받았다. 대량생산 시대에 가내수공업으로 정성이 담긴 무언가를 만들어 냈다는 성취감이 마냥 뿌듯하다. 도자기가 되었든, 손바느질이 되었든, 나만의 재능을 꽃피우며 내가 만든 오브제로 내 공간을 채워 나갈 수 있다면 더할 나위 없는 일상의 아름다움이 되지 않을까? 돌, 실, 흙 같은 자연의 재료로 나만의 아름다움을 찾아 나서는 것은 또 다른 일상의 변화를 선사할지도 모른다.

*

한옥에 살며 전통문화에 관심을 갖게 된 백화점 바이어, 여병희

작지만

확실한 성취

일상의 건강한 아름다움은 작은 성취를 쌓아가는 순간에 피어난다. 지난해 방콕으로 이주하며 마주한 폭풍 같은 변화 속에서 마음의 감기를 앓았다. 그때 나를 되살린 것은 아주 작은 크기로 만든 성취의 시간이었다. 매일 아침 좋아하는 향을 선택해 커피를 내리고, 명상 음악이 흘러나오는 가운데 첫 모금을 마신다. 30분 정도 책을 읽고 30분 동안 일기를 쓰며 내 안의 생각을 들여다본다. 마지막 글자에서 펜을 뗄 때 '오늘도 해냈다'라는 마음이 차오른다. 텍스트를 흡수하고 배출하는 고요한 시간, 작지만 확실한 성취로 하루를 시작한다. 불안한 삶 속에서도 이렇게 스스로 돌보는 법을 익힐 때, 비로소 일상이 아름다운 빛을 가진다.

조직문화 · HR 컨설팅팀 〈누틸드〉 대표, 데이나

*

무용한 것들로

더하는 낭만

내 일상을 '조금' 더 아름답게 만드는 방법은 아주 간단하다. '꽃'과 '초'는 무용하지만 손쉽게 일상에 낭만을 더해주는 것들이다. 특히 캔들은 아침에 켤 때와 저녁에 켤 때 저마다 다른 낭만을 선사한다. 하지만 어느 때라도 초에 불을 밝히는 순간에는 한결같이 기도하는 마음이 든다. 작은 불씨가 공간의 분위기를 따뜻하게 만들고, 환기를 위해 열어 둔 창문으로 불어오는 바람에 흔들리는 불씨와 예측할 수 없이 추상화처럼 흘러내리는 촛농의 모양은 조금 감성적으로 표현해 보면, 한 편의 짧은 시처럼 보인다. 요즘은 여행지에서 작은 촛대를 사 오는 것이 취미이자 나만의 세리머니가 되었다. 요즘 한창 유행인 〈스토프 나겔〉의 크롬 촛대는 몇 년 전 베를린을 여행하며 빈티지 가구점에서 구입한 것이다. 골드 촛대는 얼마 전 교토 여행 중 빈티지 소품숍에서 구입했다. 여행지의 추억이 곁들여진 캔들과 촛대는 초를 켜는 일의 낭만을 몇 배로 고조시킨다.

✳

前 〈켈리박 스튜디오〉 대표, 現 〈박모레 스튜디오〉 대표이자
그림 그리는 사람, 박모레

예술 작품을 보며

그 안에 스며들기

주말마다 작품을 보러 가고, 집에는 내가 좋아하는 작품을 걸어둔다. 내 일상의 외면과 내면을 아름답게 하는 방법이다. 작품을 바라보고 그 안에 스며들다 보면, 순간의 걱정과 생각이 잊히고, 오직 벅찬 감동만이 남는다. 실제로, 감동하는 경험이 뇌의 피로 회복에 도움이 된다고 한다. 이런 순간들은 내 마음까지 아름답게 만들어준다. 최근에는 미술 관련 커뮤니티 'PB'S(Print Bakery Society)'에 가입했다. 예전에는 혼자 감상하는 걸 즐겼다면, 이제는 같은 관심사를 가진 사람들과 소통하면서 또 다른 감동을 느낀다. 우리는 서로의 이야기에 진심으로 공감하고, 각자의 시각을 공유하며 새로운 세계를 확장해 나간다. 공감할 수 있는 사람들과의 만남, 일상을 아름답게 만드는 또 하나의 방법이다.

〈ABInBev Korea 오비맥주〉 디지털 마케터, 정세정

*

아끼는 스피커로

음악 감상하기

아침에 일어나 샤워를 하고 간단히 청소를 한다. 동그란 책상에 앉아 오늘 할 일을 노트에 적어본 뒤 두 손에 아무것도 쥐지 않은 채 마음에 드는 음악을 잠시 듣는 것이 하루를 준비하는 나의 습관이다. 음악을 선택하고 애지중지하는 스피커에 무리가 가지 않도록 볼륨을 서서히 키운다. 아내와 자주 가던 홍제천의 빈티지 가게에서 한눈에 반해 스피커 주위를 빙빙 돌며 고민했다. 그 모습을 보다 못한 사장님이 좋은 가격에 선물해 주다시피 하셨는데, 2개가 한 세트여서 하나씩 사이좋게 나눠 들고 신이 나서 집으로 향했던 기억이 난다. 앰프의 다이얼을 돌릴 때마다 그때의 우리 모습이 몽글몽글하게 떠오른다. 그 설레는 기분으로 하루를 보낼 힘을 얻는다.

건축사사무소 〈만화기획〉 소장, 서준혁

*

익숙한 것들을

무심코 지나치지 않기

내가 머무는 곳이 곧 나의 하루가 되고, 나의 일상을 온전히 담아내는 공간이 된다. 나의 습관과 눈길이 머문 자리마다 남겨진 순간들이 모여 하나의 이야기로 이어진다. 아침에 눈을 떴을 때 느껴지는 베갯잇의 촉감, 햇살에 따라 달라지는 이불의 결, 내 마음을 간지럽히는 작은 물건들의 반짝임. 그 모든 감각을 온전히 느끼는 것만으로도 하루는 조금 더 특별해진다. 좋아하는 커피를 내리고, 바뀌는 공기에 기분을 맡겨본다. 창가에 작은 식물을 두고 시간의 흐름을 바라본다. 책장 사이에 꽂힌 지난 노트를 꺼내 흔적을 되새기고, 손에 쥔 작은 잔마저도 사랑스럽게 바라본다. 고양이와 부비적대며 맡는 따뜻한 냄새, 아기의 맑은 눈망울을 바라보며 미소 짓는 순간. 거창한 변화보다 익숙한 것들을 무심코 지나치지 않고 온전히 마주할 때, 하루는 더욱 선명해진다. 그것이 내가 매일을 조금 더 빛나게 만드는 방법이다.

일러스트레이터 겸 그림책 작가, 정가용

오롯이 내 취향만으로

좋아하는 것 찾기

평소에 내가 좋아하는 것에 대해 직접 알아보고, 공부하고, 체험하는 삶이 일상을 조금 더 아름답게 만든다. 요즘에는 다양한 정보를 쉽고 빠르게 얻을 수 있지만, 나는 내가 진정으로 좋아할 만한 것들은 일상이나 여행지에서도 가능한 한 오롯이 내 취향만으로 찾으려고 한다. 나만의 언커먼한 취향을 정립하기 위해서랄까? 누구의 추천보다는 잘 알려지지 않아도 어떤 특별한 감으로 끌리는 것들이 있다. 신기하게도 취향이 닿는 곳은 길을 걷다가도 우연히 발견하게 되곤 한다. 아무런 정보 없이 그저 본능으로 발견하는 곳이야말로 찾는 기쁨을 주고, 내 삶을 풍요롭게 만든다.

가구 리빙 브랜드 〈언커먼하우스〉 대표, 정영은

*

일상의 여백을 선물하는 낮잠

나의 일상은 해야 할 일과 만나야 할 사람, 끊임없이 떠오르는 생각들로 넘쳐난다. 나는 머릿속을 가득 채운 스트레스와 복잡한 생각을 비우기 위해 낮잠을 잔다. 그때마다 주변 소음을 차단해 주는 손가락 한 마디 크기의 귀마개는 필수다. 30분이라는 짧은 시간, 깊게 숨을 내쉬며 낮잠을 자고 일어나면 머릿속이 차분히 정리되고 복잡했던 생각들도 고요해진다. 단 몇 분의 휴식이지만 이 단순한 행동이 나의 일상에 잔잔한 평화를 가져다준다. 일상을 아름답게 만들기 위해서는 무언가 채우는 것만큼 비우는 것도 중요하다. 비움이란 단순히 멈춤이 아니라, 다시 채워갈 여유와 여백을 만들어 내는 것이다. 낮잠은 나에게 그런 여백을 선물해 준다.

자립준비청년, 〈서울교통공사〉 대리, 송희석

*

나를 위해 만든

맛있는 커피 한 잔

매일 아침 새 콩을 갈아 커피를 내린다. 도자기 드리퍼와 유리 저그, 삼각 플라스크를 닮은 케맥스, 알록달록 귀여운 모카포트 중 오늘의 커피 도구를 고르는 것으로 시작한다. 각각 성향이 다르기 때문에 사용하는 콩의 분쇄도와 필터의 모양도 바뀐다. 당연히 맛에도 차이가 있어 이 선택은 매번 즐겁고도 진지하다. 막 갈아낸 싱싱한 콩가루가 제 몸을 부풀리며 커피 빵을 구울 때 집 안에 고소한 향기가 퍼지는 그 순간을 좋아한다. 아무리 바빠도 매일 아침 커피를 만들어 나를 대접하는 일을 오래 해오고 있다. 나를 위해 만든 맛있는 커피 한 잔을 천천히 비우고 나면 오늘을 정성스럽게 살아보고 싶다는 생각이 절로 든다. 일상의 아름다움은 내가 나를 아끼고 보살피는 일을 게을리하지 않는 것에서 시작한다고 믿는다.

*

《끼니들》, 《우리 집으로 만들어갑니다》, 《집, 사람》의 작가, 김수경

어제와 다른

오늘 수집

여행은 즐겁다. 여행이 즐거운 건 일상을 벗어나 다른 경험을 할 수 있기 때문이다. 반면 일상은 매일매일 반복되어 지루하다. 조금만 살펴보면 어제와 다른 오늘인데 말이다. 오늘 본 노을은 다른 때보다 붉었다. 자유분방한 전봇대를 발견했다. 어제는 만나지 못했던 집 앞 길냥이들이 오늘은 나를 예의주시하고 있다. 바닥에 낙엽 도장이 찍혔다. 누군가의 열망이 가득 담긴 낙서를 보았다. 비가 온 뒤 습기를 먹은 이끼에 꽃 같은 무언가가 피어있었다. 전부 다 오늘 내가 발견한 것들이다. 이렇듯 매일 같아 보이는 일상에 조그만 다름이 있다. 다름을 발견하면 오늘은 어제와 달라진다. 오늘이 어제와 다르다는 것을 알면 매일 여행자처럼 살 수 있지 않을까.

문화행사기획사 〈리스페이스〉 대표, 여동인

페스티벌의 추억에

빠져들기

페스티벌이 일상인 나는 (페스티벌이 없는) 일상에서도 페스티벌을 느끼고 싶다. 그래서 페스티벌에서 구한 기념품을 잘 보이는 곳에 두고 1년 내내 추억한다. 특히 가방에 페스티벌 굿즈로 나온 여러 개의 키링을 달고 다닌다. 만나는 사람들과 키링을 이야깃거리로 삼으면서 다시 한번 지난 페스티벌의 추억에 빠져든다. 페스티벌을 다닐수록 쌓이는 키링을 시즌별로 바꿔 달고 있어 대화 소재도 늘 새롭게 이어진다. 그렇게 자연스레 다음 페스티벌을 기다리게 하는, 설레는 일상을 만들어 나간다.

공연 덕후 커뮤니티 〈페스티벌 라이프〉 대표, 김조성

*

좋아하는 콘텐츠에 몰입하기

덕후형 사람이라 그런가, 좋아하는 것을 진득이 향유하는 시간이 줄었을 때 일상이 삭막해진다. 그래서 여유가 부족하더라도 좋아하는 콘텐츠에 몰입하기 위한 시간을 조금이나마 따로 할당해 둔다. 매일 밤 잠들기 전 누워서 새로운 음악을 디깅하거나, 30분이라도 꼭 책을 읽거나, 날씨 좋은 주말엔 햇볕을 쬐고 커피도 마실 겸 궁금했던 영화를 보러 나가는 것처럼 말이다. 좋은 콘텐츠에서 받은 감상은 일상에 은은하게 녹아들어 여운과 영감을 준다.

공연 덕후 커뮤니티 〈페스티벌 라이프〉 에디터, 김해린

내가 좋아하는 것

되돌아보기

어린 시절에 나는 늘 하고 싶은 게 많았다. 나는 특별하다며 뭐든지 이뤄낼 수 있을 거라고 믿었다. 남들보다 조금 더 자유롭게 삶을 즐기며 살 줄 알았는데, 지금의 나는 20대의 마지막을 특별할 것 없이 반복되는 하루로 보내고 있다. 아침에 힘겹게 일어나 출근하고, 퇴근 후엔 저녁을 먹고 핸드폰을 보는 것이 일상이 되어버린 삶. 내가 무엇을 좋아했는지 생각조차 안 하게 된 나 자신이 너무 안타깝고 슬프게 느껴져 언젠가부터 내가 가장 사랑하는 여행을 영상으로 기록하기 시작했다. 이상과 현실 사이에 현타를 느낄 때 즈음, 31개국 115개 도시를 여행하며 찍었던 영상을 다시 보며 원동력을 찾는다. 내가 무엇을 좋아하는지 되돌아보기 위해서.

아빠와 함께 43일간 해외여행을 다녀온 K 직장인, 허유진

*

익숙한 것을 다르게 경험하기

매일 쳇바퀴 돌아가듯 똑같은 일상을 나만의 취향과 시각으로 새롭게 바라본다면 지루했던 일상도 의미 있게 다가온다. 예를 들어 방 구조를 살짝 바꿔보거나 좋아하는 소품을 추가하기, 버스에서 이어폰을 빼고 주변 소리와 창밖 풍경에 집중하기, 메모할 내용과 계획표를 핸드폰이 아닌 손 글씨로 직접 써보기, 식빵에 자주 먹는 딸기잼이 아닌 밤잼을 발라 먹기 등등. 나만 아는 사소한 변화를 의식하며 경험해 본다. 익숙한 것을 다르게 경험하는 작은 변화가 쌓이면, 평범한 일상도 아름다워진다.

홈 패브릭 브랜드 〈다이드인〉 대표, 김다영

*

삶의 무작위 속으로

몸을 내던지기

가끔 일부러 삶의 무작위 속으로 몸을 내던진다. 가령 가보지 않았던 길로 산책하거나 아무 버스나 타고 마음에 드는 곳에 내리는 식이다. 흔히들 삶은 예측할 수 없는 것이라 하지 않았던가. 이런 식의 하루를 보낼 때면 일상은 이전과 조금 다르게 보인다. 자주 다니던 동네도 새삼스럽게 느껴지고, 갑작스러운 돌발 상황에도 너그러워진다. 그 속에서 나는 주변의 다채로움을 쉽게 발견한다. 언젠가 산책에서 만났던 아이의 천진난만한 표정, 강아지의 뒤뚱거리는 걸음걸이, 우연히 마주친 강가의 저녁노을과 바람 소리. 이런 장면들을 떠올릴 때면, 나도 모르게 미소가 지어진다. 그리고 일상은 전보다 조금 더 아름답게 보인다. 마치 원래 그래왔다는 듯이.

낙서하는 사람, 독립출판 창작자, 이재현

*

따뜻한 온기를 전하는

다정한 말

낯설든 익숙하든, 일상에서 만나는 사람들과 어떻게 하면 서로 기분 좋은 시작을 만들 수 있을지 자주 고민한다. 한 번 더 따뜻하게 말을 건네고, 환하게 웃으며, 사랑스러운 시선으로 바라보려고 노력한다. 반복되는 평범한 일상에서 행복을 느낄 수 있는 작은 순간들은 이런 사소한 태도에서 비롯된다. 모두에게 따뜻한 온기를 전하기 위해, 부드럽고 다정한 말투를 습관처럼 사용하는 것. 실천은 어렵지만, 그 온기가 천천히 스며들어 우리의 일상을 조금 더 아름답게 만들어 줄 것이다.

〈넥슨코리아〉 인재육성팀 부장, 시각예술가, 이은욱

*

미루고 싶은 일

일상에 끼워 넣기

정리정돈이 힘든 나에게 집안일은 우선순위가 낮다. 최대한 뒤로 미뤄놓고 한꺼번에 해내려는 습성이 여실히 드러나는 분야다. 그런데 큰마음 먹고 해야 하는 일을, 작은 마음으로 하면 된다고 생각한 계기가 있었다. 에디터로 여러 가족의 인터뷰를 진행했는데, 그들의 다양한 루틴을 엿보며 '나도 한번 시도해 볼까?' 마음먹은 일이었다. 그 후 새벽에 일어나 따뜻한 소금물 한 잔 마시기, 아침 뉴스를 보며 지난밤 돌려둔 건조기의 빨래 개기, 아이 등원 후 30분간 걷기, 저녁 준비 후 샐러드 소분하기 등 별거 없는 루틴이 몇 가지 생겼다. 사소하지만 일상 사이사이에 미루고 싶은 일들을 끼워 넣었더니, 무겁지만은 않은 가벼운 일이 되었다.

온라인 디자인숍 〈톰앤르마르〉 대표, 황지명

*

아끼는 것을

나답게 만들기

아끼던 코트의 단추를 새로운 것으로 바꿔 달았다. 나다운 것이 되었다. 취업 후 처음 장만한 식탁에 상판을 덧대고, 다리를 교체했다. 나다운 것이 되었다. 내가 아끼는 것을 더욱 나답게 만드는 것. 일상 속 행복을 만드는 나만의 노하우다. 나는 무얼 사든 몇 날 며칠 고민한 끝에 구입하는 편이다. 이렇게 산 물건들은 단순한 물건을 넘어 나를 표현한다. 취향까지 불어넣는다면 한없이 애정이 깃든 존재가 된다. 이런 물건들로 둘러싸인 나의 일상은 매일 아름답고, 내일 더 아름다울 것이다.

취미로 안경을 만드는 홈쇼핑 PD, 김동언

*

사소한 것에

애정 기울이기

가장 오랜 시간 내 주변을 머무는 것이 안녕한지 자주 묻고 돌보는 편이다. 아침에 눈을 뜨면 집 안 구석구석을 채운 식물들이 밤새 흙이 마르지 않았는지 살펴본 뒤 물을 주고 잎을 매만진다. 가장 많은 시간을 함께하는 사람들에게는 작은 유머 한 마디를 건네며 하루의 온도를 높여본다. 늘 곁에 두는 물건도 마찬가지다. 자주 쓰는 컵을 깨끗이 닦아 반짝이게 두고, 책상 위를 정리하며 나만의 질서를 만든다. 일상의 사소한 것들에 애정을 기울일 때, 그 순간들이 다시 나를 보살핀다. 그렇게 조금씩 다정한 시선을 보태어 나의 하루를 더 나답고, 더 아름답게 만들어 간다.

前 〈집무실〉 대표, 現 스토리 빌더 〈아르키〉 대표, 김성민

*

삶에 꼭 필요한

거울, 회고

세상에 있는 모든 거울이 한순간에 사라지면 어떤 일이 일어날까? 아마 대부분의 사람이 외모를 가꾸지 않고 자신을 소중히 여기지 않은 채, 발전시키지도 않을 것이다. 외모를 위한 거울 말고, 삶에도 꼭 필요한 거울이 있다. 그것은 바로 '회고'다. 내가 개선해야 할 것이 무엇인지 생각하고 기록하는 회고를 주기적으로 진행하면 우리의 일상과 내면이 아름다워질 거라고 생각한다. 조금 더 아름다운 일상을 위해 매주 회고록을 작성해 보면 어떨까.

회고 전문가, 스타트업 팀 리더, 김동은

*

일상의 곁을

살뜰히 챙기기

새로운 것을 찾기보다 이미 지니고 있는 것들을 돌본다. 일상의 결을 살뜰히 챙기는 것이다. 계절이 스칠 때마다 시절을 인내한 화초에 정성을 들인다. 금이 간 그릇에 옻칠하고 금박을 입힌다. 낡은 구두에 밑창을 덧대 한 번 더 길을 나선다. 쌓여 있던 책을 다시금 펼쳐 행간의 낙서, 그리고 밑줄과 재회한다. 지금의 내가 지난 나를 돌이켜 보며 스스로를 비추는 몸짓이다. 어느새 한 꺼풀 벗겨진 마음의 눈은 내면을 마주한다. 내면을 들여다보는 작은 움직임이 모여 언젠가 진정한 '나'와 조우할 것이다.

작가, 장보현

*

오롯이 나에게

집중하는 시간

아이가 태어나고 일상이 달라졌다. 엄마의 일상이 추가되는 거라고 생각했는데 나의 모든 순간이 엄마로서의 일상이 되었다. 나를 잊지 않고, 나의 일상을 좀 더 빛내기 위해 오로지 나에게만 집중하는 시간을 갖기로 했다. 시간이 날 때마다 틈틈이 매트 위에 서고, 폴을 잡는다. 오롯이 나의 호흡에 집중하고, 몸 안의 움직임을 섬세하게 느낀다. 이 작은 시간이 매일을 살아가는 큰 힘이 되어준다.

라이프스타일 브랜드 〈미하에스틸로〉와 〈폴라보레이션〉 대표, 강보람

✳

나만의 리듬을 만드는

하루 계획

내가 원하는 아름다운 하루를 아침에 미리 적어본다. 그 하루는 새로운 곳에서 영감을 얻거나, 미루던 일을 해내는 것일 수도 있고, 어떤 행동을 하지 않기로 다짐하는 것일 수도 있다. 이렇게 미리 써보는 것, 즉 계획을 세우면 하루는 막연함에서 벗어나 선명해진다. 작은 계획과 기록이 쌓이면 일상은 더 의미있게 채워지고, 나만의 리듬이 만들어진다. 완벽할 필요는 없다. 계획을 다 지키지 않아도 괜찮다. 중요한 건 내가 원하는 하루를 선택하며 살아가는 과정을 즐기는 것이다.

나다운 성장을 만드는 브랜드, 내일을 나답게 〈낼나〉 공동대표, 김예샘

*

'당연하다'는 전제

제외하기

모든 일상에서 '당연하다'는 전제를 슬그머니 빼본다. 회의 시간에 열심히 손 드는 팀원의 열정도, 점심시간 산책에서 마주친 댕댕이의 애교도, 퇴근길 들르는 카페의 딱 적당한 라떼의 온도도 그렇지 않을 수 있기에 당연한 일이란 없다. 당연하지 않게 되는 순간, 우리는 고마움을 느낀다. 고마움을 느끼면, 건네는 말의 온도가 높아진다. 말에 온기를 담으면, 우리의 관계는 더 따뜻해진다. 그 온도 변화는 우리 일상에 또 다른 봄바람을 불어오게 한다. '어느 것도 당연하지 않다'라는 한 줄의 생각조차 당연하지 않으니, 나라는 사람이 어쩌면 조금 더 좋아질지도 모른다. 바뀐 것은 생각 딱 한 줄밖에 없는데 말이다.

〈대학내일〉 인재성장팀 팀장, 작가, 이윤경

✳

나를 위한 시간

10분 마련하기

아주 대단한 게 아니더라도(대단한 것이 아니라 더 좋을지도 모를), 정말 좋아하는 일을 하루 한 가지씩 하면서 나에게 주어진 삶에 감사하는 시간을 갖는다. 아침에 따뜻한 차를 마시며 고양이들과 놀기, 타로 유튜브를 보며 반신욕 하기, 자기 전에 좋아하는 음악 들으며 새로운 취미인 뜨개질 하기 등등. 바쁜 일상이지만 매일 나를 위한 시간을 마련하고 10분이라도 그 시간을 보내면, 일상이 아름답게 그리고 감사하게 느껴진다.

유튜브 채널 〈Judyasmr〉과 〈Judylog〉의 크리에이터, 윤윤주

*

행복의 최소 조건,

밥 잘 챙겨 먹기

별일 아닌데 기억의 꼬리가 긴 날이 있다. 20년 전 그날도 그렇다. 엄마의 "밥 챙겨 먹었냐"라는 말에 버럭 화를 낸 날. "이렇게 힘든데 고작 밥 먹은 게 중요하냐"고 소리친 날. 오늘의 내가 대신 답한다. "세상에서 제일 중요하다. 이 자식아!" 밥에는 힘이 있다. 하루 세 번 반복되는 지난한 일상이나, 동시에 최소한의 삶을 받치는 지지선이다. 다 먹고살자고 하는 짓이라는 옛말이 행복의 최소 조건임을 이제야 깨닫는다. 유독 한 걸음 한 걸음이 고된 퇴근길에 습관처럼 메신저를 켠다. 익숙한 사람, 하지만 흐릿하지 않은 사람에게 '오늘 맛있는 거 먹자'고 메시지를 보낸다. 처진 어깨의 기울기에 비례해 음식의 맛은 깊어진다. 뭐라도 더 해주고 싶다는 마음이, 위로에 서툰 누군가의 정성이 더해져서다. 그 한 숟갈에 회색빛이던 삶의 해상도가 올라간다. 나는 그것을 삶의 아름다운 순간으로 정의한다. 문자 그대로 피가 되고 살이 되는 아름다움. 오늘 저녁 메뉴는 뭘까.

브랜드 마케터, 《아무튼, 달리기》의 작가, 김상민

*

가족, 지인, 동료들과 나누는

소소한 순간

아침에 아이와 다정한 말로 인사를 나누고, 가족이 모여 두런 두런 이야기하며 아침 식사를 한다. 반려견 토토와 출근길에 산책하며 동네 단골 카페에 들러 인사하는 것도 작은 행복이다. 바쁜 하루 중에 동료들과 맛있는 간식을 먹으며 잠시 쉬어 가고, 퇴근 후에는 아이의 등을 긁어주며 사랑한다 말하고, 하루 종일 수고한 남편과 서로의 안부를 물으며 감사 기도를 한다. 이렇게 소소한 순간이 모여 따뜻한 하루를 채우고, 작은 다짐과 노력이 쌓여 행복한 날들로 기억된다.

러닝 전문 회사 〈굿러너컴퍼니〉 대표, 이윤주

*

몸에 닿는 물건은 좋은 제품으로 갖추기

매일 몸에 닿는 것은 조금 무리해서 좋은 것으로 갖추는 게 좋다. 얼마 전, 안경을 새로 했다. 날이 추워지면서 걸치는 옷이 무거워지니 안경마저도 무겁게 느껴지는 거였다. '가벼운 안경을 해야겠어. 이번 안경은 예쁜 건 다 됐고, 무조건 가볍고 편한 것으로. 두꺼운 뿔테가 얼굴을 가려줘서 예쁘지만, 지금은 그럴 때가 아냐. 이번엔 아주 가늘게 가공한 하늘하늘 가벼운 티타늄 안경테로. 렌즈도 왜곡을 줄인 고급 라인으로.' 결제할 땐 '잠깐, 안경에 이렇게까지 쓰는 게 맞아?' 싶지만 그런 생각은 안경을 쓰면 금방 잊게 된다. 출근 전에 안경을 쓰고, 퇴근해서 집에 올 때까지 안경을 한 번도 벗지 않았다. 쓰고 있다는 것도 잊었으니까. 어쩐지 오늘따라 덜 피곤한 것 같더라니.

머물고 싶은 좋은 스테이를 큐레이팅하여 소개하는 플랫폼
〈스테이폴리오〉 대표, 장인성

*

몸을 움직이며

춤추기

일상을 더 아름답게 만드는 가장 확실한 방법은 몸을 움직이는 것이다. 춤은 단순한 동작이 아니라, 나를 보살피는 강력한 방법이다. 음악이 들리면 손가락을 들썩이거나 발을 리듬에 맞춰 움직이는 것부터 시작해 보자. 춤을 추면 엔도르핀과 도파민이 분비되어 기분이 좋아진다. 하루 10분이라도 몸을 움직이면 호르몬의 균형이 맞춰지고, 이러한 작은 변화가 쌓여 우리의 삶까지 바꾼다. 그러니 오늘, 한 박자만큼은 더 가볍게 움직여 보자.

대한민국 NO.1 댄스챌린지 유튜브 채널 〈몸치탈출연구소〉 운영, 와이진 소장

*

이왕이면 좋게

이왕이면 즐겁게

모든 일에 '이왕이면'이라는 단어를 붙여 본다. 예를 들어 아침에 일어났는데 햇살이 좋으면, 그 햇살을 좀 더 깊이 느낄 수 있게 이왕이면 한 번 더 햇빛을 쐬러 밖으로 나간다. 점심을 먹으러 갔는데 맛이 없을 때, 어떤 조합을 해서라도 이왕이면 더 맛있게 먹으려고 연구한다. 어제는 시사회에 갔는데, 이왕이면 무대에 선 사람들이 더 큰 힘을 받을 수 있도록 열심히 박수 치고 환호도 크게 했다. 무언가 나쁜 일이 일어나 기분이 좋지 않을 때도 '어차피 나에게 일어난 일, 이 일을 통해 여기서 얻을 수 있는 게 뭘까? 배울 수 있는 건 뭐가 있을까?' 하고 이왕이면 좋은 점을 찾으려고 노력한다. 하기 싫은 집안일도 이왕이면 즐겁게 하려고, 음악을 틀고 나만의 미션을 만들어서 시작한다. 그러면 청소도 신나고 재밌는 일이 된다. 잠들기 전에는 걱정과 불안보다는 이왕이면 오늘 있었던 감사한 일, 좋았던 순간을 떠올린다. 그러면 편안하고 기분 좋은 잠이 솔솔 온다.

넘치는 흥으로 일상에서도 신나게 춤을 즐기는 사람, 이정

*

신체로 감각하기,

판단 미루기

지난해 전두엽 일부 손상 소견을 받고 회복 활동을 이어왔다. 전두엽은 창의적 사고, 감정 조절, 사회적 행동, 의사 결정의 핵심 기관으로, 과도한 디지털 정보와 스트레스는 전두엽의 기능을 저하시킨다. 그래서 요즘 나는 일상을 더 아름답게 만들기 위해 '신체로 감각하기'와 '판단 미루기'를 실천하고 있다. 신체를 통해 물질과 존재를 감각하고, 눈에 보이는 것을 쉽게 판단하거나 아는 것으로 치부하지 않으려고 한다. 그러다 보면 이전에 보이지 않았던 것들이 보이기 시작한다. 그 안에는 예상치 못한 가치와 아름다움이 숨어있다. 예를 들어 이전에는 비행기에 타면 금방 자거나 다른 할 일을 하곤 했다. 하지만 비행기에서 창밖을 바라보면 세상 그 어떤 예술 작품보다 아름다운 풍경이 시시때때로 생성된다. 이미 아는 것이라 치부했던 풍경이 새롭고 아름답게 다가오는 순간이다.

*

건축사사무소 〈바이아키텍처〉를 운영하는 건축가, 이병엽

기도하듯 고요하게

초를 밝히는 일

시간을 보내는 데 있어 나에게 공간은 매우 중요하다. 그 공간의 분위기를 자아내는 요소인 빛, 소리, 향은 나의 기분을 변화시키고 그 시간 안에 깊게 몰입하게 해준다. 그중 '초'는 더욱 특별하다. 집에 들어오면 자연스럽게 늘 촛불부터 켠다. 성냥을 마찰면에 힘주어 그을 때 나는 소리, 불이 붙은 성냥개비가 타오르는 순간의 불길, 성냥불이 초 심지를 스치면 피어오르는 불꽃. 서로가 서로에 의해 살아난다. 어둠 속에서 춤추듯 일렁이는 촛불을 바라보면 마치 생명력이 피어오르는 듯하고, 그렇게 녹아서 흐른 촛농의 모습은 더없이 아름답고 매혹적이다. 중요한 일을 앞두거나 특별한 날에 새 초를 고르고 불을 밝히면, 좋은 일이 생길 것만 같은 설렘과 함께 마음이 정돈된다. 소소한 습관에 작은 의미를 두는 일, 기도하듯 고요한 이 시간은 일상을 더 아름답게 만드는 나만의 작은 의식이다.

*

현대무용가, 크리에이티브 아트그룹 <콜렉티브A> 예술 감독, 차진엽

마음에 쏙 드는 물건에

둘러싸인 삶

마음에 쏙 드는 물건에 둘러싸인 삶에는 특별한 기쁨이 있다. 눈과 마음을 사로잡은 물건들을 하나둘 들여놓고 매일 마주하다 보면 어느새 내 일상도 더 만족스러운 모습으로 변해있음을 느낀다. 요즘 가장 큰 즐거움은 단연 여기저기서 모은 아름다운 차 도구들이다. 처음에는 신이 나서 호들갑을 떨며 쓰던 것들을 점차 태연하고 일상적으로 쓰는 내 모습을 발견할 때, 삶이 한층 더 아름다워졌음을 새삼스레 실감한다.

문구인(文具人), 김규림

*

초록 잎이 넘실대는 곳으로

나서는 긴 산책

스스로의 감정과 마음을 잘 다스릴 수 있는 사람이야말로 인생을 잘 살아갈 수 있는 것 같다. 내 경우, 감정과 마음을 다스리기 위해 튼튼한 신발을 신고 긴 산책을 나선다. 가능한 초록잎이 넘실대는 곳으로, 인적이 드문 곳으로 떠나는 것이 효과적이다. 넘실대는 바람을 피부로 느끼고 바람이 만들어 낸 힘으로 나뭇잎들이 춤추는 장면을 귀로 듣고, 들에 핀 이름 모를 꽃들을 유심히 보며 자연이 만들어 낸 향기를 맡아본다. 떨어진 자연의 조각들은 기념품으로 챙기고 우연히 만난 동물 친구들과 눈을 맞춰 인사를 나누며 묵혀두었던 긴 호흡을 뱉어내자. 우리 모두는, 이 세상에 태어난 모든 생명은 존재 자체만으로도 너무나도 고귀하고 소중하니까. 가능한 오래오래 이 땅위에 남아 세상에 존재하는 모든 기쁨을 만나러 가야 하니까.

*

다양한 물성을 활용해 이야기를 들려주는 브랜드 〈Oth,〉 대표, 문예진

익숙한 것들에

작은 새로움 더하기

사람은 끊임없이 생각하고 경험하며 살아가기에 변화한다. 때문에 새로운 것은 결국 익숙해지고, 일상에서의 감동은 점점 희미해진다. 매일 감탄하는 삶을 살 수는 없는 걸까? 고민 끝에 의식적으로 일상을 새롭게 바라보기로 다짐한다. 매일 똑같은 하루 속에서 새로움을 더해보는 것이다. 단골 카페에서 새 메뉴를 주문해 보고, 매일 똑같은 출퇴근 길을 자전거로 오가는 등 익숙한 것들에 작은 새로움을 더한다. 이 연습은 생각보다 큰 변화를 불러왔다. '오늘은 무얼 더해볼까?' 하루의 시작이 기대되기 시작한 것이다. 크고 작은 감탄이 삶에 스며드니 더 이상 비슷한 날이 없다.

미지로 가고 싶은 꿈을 실현하는 여행사
〈혜초여행〉의 국외여행인솔자, 나소영

*

공예가 깃든

검박한 삶

쓰임이 좋고 만듦새가 아름다운 기물이 일상에 더해질 때 삶은 한층 더 풍요로워진다. 화려하지 않지만 은은하게 빛을 내는 공예품이 건네는 위로는 생각보다 깊다. 작가의 손길로 다듬어진 비정형의 넉넉한 멋은 내 안의 날 선 완벽주의를 내려놓게 하고, 바쁘게 돌아가는 일상을 잠시 벗어나 여백의 시간을 누리게 한다. 허명욱 작가의 옻칠 기물, 윤라희 작가의 오브제, 이재훈 작가의 촛대, 윤여동 작가의 와인 버킷 등 작가의 숨결이 담긴 작품으로 일상을 향유할 때 소중한 영감을 얻는다. 소재의 한계를 뛰어넘어 수없이 반복된 인고의 과정은 삶의 여정과 깊이 맞닿아 있다. 공예가 깃든 검박한 삶은 그저 장식이 아닌 불완전함을 포용하는 넉넉한 마음가짐이다.

프리랜스 에디터 겸 마케터, 전혜연

✳

쓰레기를 줄이는

바리바리 전략

매일(심지어 여행 중에도) 나는 바리바리 일상을 산다. 가방 안에는 수저, 손수건, 텀블러, 숯 정수필터, 재사용 지퍼백 몇 장, 접이식 용기가 들어있다. 봇짐이 따로 없다. 남들보다 300g 무거운 가방을 들고 집을 나서는 것이다(때로는 설거지바도 지닌다). 바리바리 전략에 임하면, 일상에서 최선을 다해 쓰레기를 줄일 수 있다. 그 어떤 쓰레기가 나올 수 있는 상황에서도 가방 안을 뒤지며 웃음으로 대처할 수 있다. 혹자는 텀블러와 수저가 세상을 구할 수 없다고 생각하겠지만 실천하는 개인의 힘은 강하다. 해본 사람만 아는 일상을 꽤 아름답게 만드는 방법.

영화감독, 〈수리상점 곰손〉 대표, 유혜민

나에게 선물하는

창조적인 시간

나 자신에게 '창조적인 시간'을 많이 선물하고 있다. 좋아하는 꽃을 사서 이케바나를 하고, 와인 한 잔을 홀짝이며 요리하고, 아름다운 그릇에 보기 좋게 담아 감사한 마음으로 먹는다. 묵혀두었던 책을 읽고 마음에 드는 문장을 적어 내려가기도 한다. 또 평소 참여하고 싶었던 원데이 클래스에 등록해 세상에 단 하나뿐인 작품을 만들어 보는 것도 도움이 된다. 세상이 시끄러울수록 내 안의 생각과 마음에 집중하는 시간을 확보하는 것은 보다 풍요로운, 나다운 삶을 만들어 가는 데 중요하다고 믿는다.

《도쿄 큐레이션》의 작가, 칼럼니스트, 이민경

✳

마음에 드는 순간을

기록하는 드로잉

마음에 드는 순간을 만나면 하던 일을 잠시 멈추고 그 장면과 순간을 수집한다. 카메라로 사진을 찍는 것도 좋지만, 드로잉으로(참고로 이 드로잉은 절대로 잘 그릴 필요가 없다). 단 1분이라도 눈과 손을 움직이며 수집한 장면은 그 순간에 푹 빠져드는 느낌을 주고, 더욱 오래 기억에 남는다.

일러스트레이터, 《작은 수집, 스몰컬렉팅》의 작가, 영민

*

잠시 머무르는 순간을

사진으로 남기기

일상에서 지나치는 혹은 잠시 머무르는 공간과 순간을 사진에 담으려고 노력한다. 그 사진을 언젠가 다시 보는 날이 있는데, 사진을 찍었던 날의 시간과 공기, 날씨, 감정, 분위기 등이 사진을 보면 바로 떠오른다. 그때의 감정은 참 묘하다. 마치 옛날 노래를 들었을 때의 감정처럼 말이다. 역시 남는 건 사진뿐이다.

취미로 시작한 신발 수집이 직업이 되어버린
평범한 대한민국 아저씨, 곽지원

*

내가 좋아하는 것

수집하기

"무엇을 좋아하세요?"라는 짧은 물음은 상대를 적잖이 당황시키곤 한다. 그럼 질문을 약간 바꿔본다. "최근에 산 물건 중 가장 기분 좋았던 건 무엇인가요?" 무언가를 특별히 좋아한다고 자신 있게 말할 수 있기까지 시간이 두텁게 쌓였다. 그걸 언제부터 좋아하게 되었는지 기억해 내기도 어렵다. 그렇지만 무얼 좋아하냐는 질문에 답하는 것은 나에겐 무척 쉬운 일이다. 기분이 좋아지는 물건을 산다. 일관되지 않아도 괜찮다. 시간이 지난 뒤 한곳에 모아본다. 운이 좋다면 두세 개의 그룹으로 나뉠 것이다. 마음이 더 가는 것을 찾는다. 수집의 범위를 좁힌다. 이 과정을 반복한다. 일종의 이상형 월드컵인 셈이다. 지름길이 없는 이 여정의 끝에서 내가 좋아하는 것을 확실히 알게 된다. 나만의 취향대로 보내는 일상은 누가 봐주지 않아도 아름답다.

〈랄프로렌코리아〉 홀세일 팀장, 박하빈

*

창의성을 발휘하고

몰입할 수 있는 공간

내 하루는 콘텐츠를 만드는 일로 가득하다. 책을 쓰고, 강의안을 만들고, 유튜브 콘텐츠를 제작하는 일. 이 일을 사랑하고 즐기기 위해 가장 먼저 생각한 것은 공간 변화다. 나는 일하는 공간을 단순히 업무 공간이 아닌, 창의성을 발휘하고 몰입할 수 있는 공간으로 바꾸었다. 편안한 의자, 높낮이가 조절되는 책상, 멀티 모니터, 푹신한 소파와 서재까지. 이 공간에 들어오면 즉시 몰입할 수 있고, 일하면서도 즐길 수 있다.

《생각정리스킬》의 작가, 〈생각정리클래스〉 대표, 복주환

매일 한 가지

약속 지키기

아침에 일어나서 운동하고 청소하기, 퇴근하고 영어 공부하기. 이렇듯 일과를 촘촘히 계획하면, 어느새 지키지 못하는 일이 많아지고 때로는 부담이 되어 어떨 때는 압박감까지 느낀다. 하루를 바쁘게 사는 것도 좋지만 행복해지기 위해서 부담을 내려놓고 실천할 수 있는 작은 일에 집중하려고 한다. 나와의 약속 한 가지만 지키는 것이다. '오늘은 퇴근길에 근처 공원을 걸어보자', '아침에 오믈렛을 만들어 먹자', '배경 화면의 앱을 정리하자' 등 거창할 필요 없이 지킬 수 있는 소소한 하나를 정하고, 그 하나만큼은 꼭 지키자고 나와 약속한다. 매일 한 가지 약속을 정하고 지키다 보니, 어느새 그것이 단순한 약속을 넘어 내 삶을 가리키는 자세와 규범이 됐다. 그래서일까. 언제부턴가 말과 행동에도 집중하게 된다. 오늘도 나와의 약속을 정한다. 오늘은 '아침에 출근하면 큰 소리로 인사하기'다.

프리랜스 그래픽 디자이너, 김하람

식물과의

짧은 눈 맞춤

모임에서 지난해 가장 인상 깊었던 영화를 소개하는 시간이 있었다. 십여 명 중 네 명이 〈퍼펙트 데이즈〉를 말했다. 그중 하나가 나였다. 영화를 본 지 오래되었는데도 '코모레비(나무 사이로 잠깐씩 비치던 햇빛)'가 기억난다. 우리가 살아가는 곳 어디든 식물을 만난다. 별로 관심을 주지 않아도 때가 되면 새순이 돋고 꽃을 피우는 반려 식물도 있고, 매일 지나가는 길에 우연히 고개를 돌렸을 때 보게 되는 나무도 있다. 나에게만 유독 가혹하다고 느껴지는 긴 하루를 끝내고 고개 숙여 터벅터벅 걷다 보도블록 사이에 피어난 보랏빛 제비꽃을 만날 수도 있다. 그런 식물과 짧은 눈 맞춤을 하고 인사를 나누는 시간이 아름답다고 생각한다. 흑백의 세상에 잠시 초록이 들어와서 쉼표를 만들어 주기 때문이다.

*

어머니에게 매일 연락드리기를 실천하는 딸,
읽고 걷고 쓰는 삶을 지향하는 〈숭례문학당〉 강사, 최선화

좋아하는 것으로

가득 찬 우리 집

어릴 때부터 하나를 꾸준히 좋아하지 못하는 게 늘 콤플렉스였다. "뭘 좋아하냐?"라고 물어보면 여전히 대답할 자신이 없지만, 집에는 어느새 좋아하는 것들이 차근히 쌓여있다. 아홉 살부터 좋아한 옛날 만화책과 퇴근길에 사 읽는 요즘 만화책이 섞여있는 책장, 아름다움에 매료되어 들이다 보니 고사리로만 가득해진 작은 식물원, 가구와 패브릭 곳곳에 숨어든 체커보드 패턴들. 그리고 좋아하는 캐릭터는 아니지만 사랑하는 친구들이 선물해 줘서 정을 붙이게 된 인형들까지. 게다가 집에는 가장 중요한 나의 식구, 벌써 초등학교 3학년이 된 고양이 앙꼬가 있다. 이렇게 나도 모르는 새에 좋아하는 것들로 가득 찬 집에 온전히 홀로 폭 안겨있다 보면, 오랜 콤플렉스는 잠시 잊히고 다시 밖으로 나가 일상을 맞이할 준비가 된다.

*

인하우스 브랜드 디자이너, 밴드 〈666〉의 베이시스트, 백나은

친구들과 아침 인사

주고받기

아침이 오는 게 두려운 밤들이 있었다. 아침이면 내일이니까, 내일은 또 내일의 할 일이 있으니까. 다가올 일을 걱정하는 마음이었을까. 하지만 내가 아무리 두려워한들 아침이, 내일이, 오지 않을 리 없었다. 영 싫은 아침이어도 하루를 씩씩하게 시작하고자 하는 마음으로 친구들에게 아침 인사를 한다. "굿모닝", "잘 잤어?", "좋은 아침". 사랑하는 친구들에게 돌아오는 답장을, 내가 하지 않아도 먼저 건네오는 아침 인사를 받으면 그 마음으로 어떤 하루라도 힘차게 보낼 수 있을 것 같다. 친구들과 주고받는 아침 인사는 내게 '하루를 잘 보내보자'는 다짐이자, '당연히 오늘 하루도 잘 보낼 수 있을 거라'고 친구들이 걸어주는 안심의 주문이다.

프리랜스 그래픽 디자이너, 웹 개발자,
밴드 〈666〉의 보컬 및 드러머, 유연주

*

맛있는 음식과 좋아하는 사람들이

모인 술자리

세상에 술을 좋아하는 사람과 술자리를 좋아하는 사람이 있다면 나는 둘 다 해당한다. 술의 맛도 좋고 술의 취기도 좋고 거기에 맛 좋은 음식과 좋아하는 사람들이 잔뜩 있다면 더할 나위 없이 좋다. 어릴 때 내 모든 지인을 비행기에 태우고 해외여행을 가는 상상을 했는데, 그런 술자리를 즐기는 어른이 되어버렸다. 가족, 친구, 직장동료, 애인, 각 카테고리에 해당하는 사람들을 다 모아놓고 맛있는 술을 먹이고, 자고 일어나면 기억에 없을 대화를 나누고, 미간을 찌푸릴 정도로 맛있는 음식을 먹는 게 요즘의 즐거움이다. 언제 또 어떤 핑계로 사람들을 모을지 고민하며 틈틈이 위스키를 모으고, 곁들이기 좋은 안주를 연구하는 것도 새로 생긴 습관이다. 언젠가 거실에 최후의 만찬 같은 기다란 테이블을 놓길 꿈꾸면서 말이다.

*

성장과 자기 계발을 테마로 제품과 서비스를 제공하는 브랜드 〈모트모트〉 디자인 팀장이자 밴드 〈666〉의 기타리스트, 윤지연

나를 위한

꽃 한 송이

금요일 저녁이면 꽃을 사서 집으로 돌아온다. 일주일 동안 애쓴 나에게 주는 작은 선물이자, 다가올 일주일을 화사하게 맞이하기 위한 준비다. 꽃을 화병에 꽂아 식탁이나 창가에 두면, 공간이 밝아지고 마음도 따뜻해지는 기분이다. 하루하루 시들어가는 꽃을 보면, 마치 힘들었던 일주일을 공감해 주는 친구 같아 위로를 받기도 한다. 주말이 되면 시든 꽃을 정리하며 한 주의 피로와 스트레스를 함께 흘려보낸다. 늘 남에게 주기만 했던 꽃을 나를 위한 선물로 건네보길 바란다. 그 작은 한 다발, 한 송이가 생각보다 더 큰 행복을 선물해 줄지도 모르니까.

가족의 추억이 깃든 물건과 한집에 사는 디자인 전공 중인 대학생, 이성선

*

온 마음을 다해

사랑하기

나는 삶에 있어서 사랑이 참 중요하다. 그게 연인과의 사랑이든, 가족과의 사랑이든, 친구, 동료, 아끼는 물건이든. 모든 대상을 온 마음을 다해 사랑하다 보면 일상이 조금 더, 아니 훨씬 아름답게 보인다. 당연하게 주어지는 건 없다는 사소한 고마움을 알게 되고, 내가 생각하는 방향에 따라 모든 일이 부정적일 수도, 긍정적일 수도 있다는 '사고의 전환'이 얼마나 중요한지도 깨닫게 된다. 우리의 삶, 내 앞에 놓인 일상은 사랑의 힘으로 내가 직접 만들어 가는 것이다.

〈러쉬코리아〉 미디어 프로덕션팀 PD, 김지인

*

작은 행복 모아

큰 행복 기다리기

'행복'은 삶에 많은 영향을 미친다. 그런데 100억 부자가 되는, 내 소유의 건물이 열 채나 있는, 상상만으로도 풍족하고 여유로운, 이러한 물질적인 것만이 행복일까? 나는 일상에 조그맣게 자리한 행복들이 과연 얼마나 나를 행복하게 할지 생각하며 산다. 아침에 눈을 뜨면 출근할 직장이 있다는 것, 별일 없이 무탈한 일상을 보내는 것, 간절하게 다음 날을 기다린 누군가에겐 오지 않은 '오늘'을 나는 당연시하며 살아갈 수 있다는 것. 나비효과처럼 작은 행복들을 모아 언젠가 빛을 발할 나만의 큰 행복을 기다리며 일상을 보내면 어떨까. 미처 발견하지 못한 꿈같은 행복들이 나를 기다리고 있을 것이다.

〈러쉬코리아〉 강남역점 스태프, 이지형

*

나를 기쁘게 하는 것으로

채운 공간

좋아하는 것을 곁에 두는 일은 일상에 크고 작은 기쁨을 더해 준다. 어느덧 6년째 식물과 함께하고 있다. 이제는 나의 공간에 식물이 있는 것이 당연하게 느껴지지만, 여전히 감탄할 일이 많다. 모든 식물의 고유한 형태와 색에는 저마다 이유가 있고, 생존에 유리하도록 선택한 생장 방식은 놀라울 만큼 영리하다. 좋아하는 것에 맞춰 일상의 루틴이 생기기도 한다. 아침엔 창을 열어 환기시키고, 주말엔 방을 한 바퀴 돌며 식물들의 상태를 살핀다. 좋아하는 것에 집중하는 순간, 복잡하던 머릿속도 단순해진다. 나를 기쁘게 하는 것으로 채운 공간은 매일 주어지는 소소한 보상이 되어, 일상에 잔잔한 행복을 선사한다.

밖에서는 스타일리스트, 집에서는 식집사로 사는, 최소영

*

일상의 재발견

내가 좋아하는 나로 사는 144인의 일상력

초판 1쇄 발행 2025년 4월 25일

편집 김경희, 임재원
디자인 연태경

펴낸곳 컨셉진
출판등록 2016년 2월 1일 제 2016-000032호
주소 서울시 마포구 성지길25, 보광빌딩 4층
홈페이지 www.missioncamp.kr
메일 contact@conceptzine.co.kr

저작권자 컨셉진
ISBN 979-11-988591-4-3 (03810)

* 이 책의 판매수익금의 일부는 아름다운재단에 기부됩니다.